Die Wahrheit ist eine Ansichtssache

Zweiter Band - Lebenswerk

Autobiografische Kurzgeschichten

Marcel Ritzmann – Mars!el

BNC – Switzerland

Planet earth

Copyright und Buchsatz © 2019 Marcel Ritzmann

Verlag und Erscheinungsort: tredition GmbH, Halenreie 40-44, 22359 Hamburg

Bibliografische Information der Deutschen Nationalbibliothek:

Die Deutsche Nationalbibliothek verzeichnet diese Publikation in der Deutschen Nationalbibliothek; detaillierte bibliografische Daten sind im Internet über http://dnb.d-nb.de abrufbar.

Die Wahrheit ist eine Ansichtssache - Zweiter Band - Lebenswerk

ISBN Paperback: 978-3-7482-9293-7
ISBN Hardcover: 978-3-7482-9294-4
ISBN e-Book: 978-3-7482-9295-1

Sie finden uns im Internet unter: www.tredition.de

Hinweis: *Die Wahrheit ist eine Ansichtssache – Erster Band*
Schweizer Literaturgesellschaft – ISBN Hardcover: 978-3-03883-021-4

VORWORT

Die Wahrheit ist eine Ansichtssache, weil die Wahrheit tatsächlich eine Ansichtssache ist. Es gibt Menschen, für die beispielsweise das Gras grün ist. Es gibt Menschen, für die das Gras rot ist, weil sie farbenblind sind und bei dieser Augenkrankheit vor allem die Farben Grün und Rot nicht unterscheiden können, und dann gibt es Menschen, für die das Gras violett, rosa, schwarz oder gar durchsichtig ist. Frecher Textinhalt.

An dieser Stelle möchte ich mich bei all denjenigen bedanken, die mich während der Anfertigung dieses Buches unterstützt und motiviert haben. Ein besonderer Dank gilt allen Kardiologen und anderen Personen, die mir öfter das Leben gerettet haben. Ohne diese Menschen wäre ich schon längst auf dem Friedhof. Meiner Familie und meinen Freunden danke ich für den starken emotionalen Rückhalt – ihr seid die Besten!

Nächstes Jahr der Hattrick?

Kindheit und Jugend

Ich bin in einer Kleinstadt neben einer Zuckerfabrik geboren und stand jahrelang mit meinem geliebten, inzwischen verstorbenen Vater in unserem ehemaligen Hotel-Restaurant in der Küche am Herd. Wir hatten gemeinsam unter extremen Bedingungen schwitzende „Schlachten" gekocht.

Eigentlich war es gar nie meine Absicht gewesen, den Beruf des Kochs zu erlernen. Doch bereits ab der 7. Schulklasse im Alter von ungefähr 14 Jahren hat mein Vater begonnen, seinem Koch jeweils am Samstagmittag freizugeben. Ich war damals ein talentierter Sportler und so kam es öfter vor, dass sich vor allem am Samstagmittag mein Vater und der Fußballtrainer in der Küche gestritten haben. „Mein Sohn bleibt hier in der Küche!" Der Trainer erwiderte: „Nein! Wir haben um 13:30 Uhr ein wichtiges Meisterschaftsspiel, der Mars!el muss mit zum Spiel!" Also begann ich, eine Berufslehre zu absolvieren für einen Beruf, den ich eigentlich gar nie mochte. Ich war jahrelang Zeuge davon gewesen, wie es in der Küche zuging: der Stress meines fluchenden Vaters, die Hitze und das sehr raue Klima (auch in Bezug auf den Umgangston).

In der Zimmerstunde als Koch hatte ich nachmittags zu wenig Kraft, um aktiv Sport zu treiben, und war auch nicht müde genug für ein Nickerchen. So begann ich, nebst Partys in Diskotheken oder anderen Klubs, auch regelmäßig bei Sport-Events (hauptsächlich bei Eishockey- und Fußballspielen), als „autonomer und unabhängiger Einzelgänger" etwas abzuschalten. Schon seit der frühen Kindheit gehörten Sport und Bewegung, ebenfalls in der Schule, neben Geografie, Geschichte und Schreiben zu meinen größten Leidenschaften. Mathematik fand ich bis zur Oberstufe noch ganz interessant, doch spätestens bei Algebra und Physik war Feierabend. Gegen Ende der Schulzeit schrieb ich teilweise nicht einmal mehr die obligatorischen Prüfungen. Das kleine Problem an der Sache war, dass man die Zeugnisse der Schulleistungen den Eltern zur Unterschrift nach Hause bringen musste. Für jede schlechte Note gab es eine Schelte. Nun ja, und so ging das weiter, bis ich irgendwann einmal einen Beruf erlernen musste. Die Schule mochte ich eigentlich nie so richtig und fürs Gymnasium war ich zu faul oder ganz einfach zu wenig intelligent.

Die Lehre absolvierte ich in einem alten Traditionshaus in einer mittelgroßen, zweisprachigen Stadt in der Schweiz. Von der Schnupperlehre bis hin zur Abschlussprüfung war eigentlich von A bis Z das meiste nur scheiße. Doch ich hatte so gut wie keine andere Wahl. Die Zeit drängte, ich musste nach dem 9. Schuljahr eine Arbeitsstelle finden. Jugendarbeitslosigkeit kannte man damals nicht und so kam es halt irgendwie, dass ich tatsächlich Koch wurde.

Während des ersten Lehrjahres ließ mich der Küchenchef teilweise unter der Woche von 09:00 bis 18:00 Uhr durcharbeiten, damit ich abends energiegeladen und voller Freude noch zum Sporttraining durfte. Ab dem zweiten Lehrjahr war es damit bereits zu Ende. Es hieß nur noch: schuften, schuften und nochmals schuften, an Wochenenden, abends und so weiter und so fort. Da ich in der Küchenbrigade nebst dem Küchenchef der einzige Deutsch sprechende Schweizer war und mich in Französisch und anderen Sprachen noch nicht besonders wortgewandt zeigte, war ich als Bohnenstange mit einem Leichtgewicht von 75 bis 78 Kilogramm wie ein „gefundenes Fressen" und eine leichte Zielscheibe für die anderen „Berufskollegen", die hauptsächlich aus französischsprachigen Regionen stammten. „Geschieht ihm ganz recht!", erinnern sich jetzt wohl ein paar Leute aus der Schulzeit zurück, mit denen ich mich auf dem Pausenhof als Kind geprügelt habe. Das

Leben ist manchmal wie ein Bumerang: Jeder bekommt schlussendlich das, was er verdient. Das sind die ungeschriebenen Naturgesetze. In dem Fall also: Danke für die drei Herzinfarkte!

Nach der Berufslehre als Koch ging ich direkt zum Militär. Die Grundausbildung, die sich über ungefähr zwanzig Wochen erstreckt, ist in der Schweiz auch als Rekrutenschule bekannt. Es war die absolute Drogen-Hölle. Während die Offiziere mitten in der Nacht auf Koks, Speed und anderen Substanzen standen und dabei waren durchzudrehen, mussten wir im Hochgebirge der Alpen ein Zelt im Tiefschnee aufschlagen – als „Übung".

In diesem Verein war – wie in der Berufslehre – ebenfalls das meiste einfach nur scheiße, von A bis Z. Das Elend nahm bereits bei der Rekrutierung seinen Anfang. Nach der anstrengenden Berufslehre wollte ich endlich mal wieder etwas anderes sehen und machen als immer nur kochen. Bei der Aushebung und Zuordnung, in welcher Kompanie ich landen würde, holte ich fast ein sportliches Leistungsabzeichen und zählte zu den Besten. Trotzdem hatte ich keine Chance, aufs Feld zu kommen. „Köche, Metzger und Bäcker in die Küche abmarschieren!", hieß es kategorisch.

Die nützlichen Dinge für den Alltag, wie zum Beispiel ein Schlaf- und Rucksack, Kleidung, Trinkbecher, Notkocher und anderes durfte ich nach dem Abdanken behalten. Alles andere habe ich im Pentagon in der Hauptstadt der Schweiz abgegeben. Auch das Sturmgewehr inklusive Patronen und anderer Waffen, die mir während des Dienstes für das Vaterland anvertraut worden waren, gab ich freiwillig zurück.

Trotzdem blieb ich nach dem Militär und der mühsamen Lehre dem Beruf des Kochs treu. Es gab ja auch einige schöne und lustige Tage während der Grundausbildung. Das hatte mich trotz allem motiviert, in einem der dazumal besten Hotels der Schweiz eine Stelle als Jungkoch anzutreten. Da ich bis anhin hauptsächlich nur das Negative dieses Berufs erlebt hatte, driftete ich mit den im Militär missbrauchten Substanzen, sprich Drogen, völlig in eine Traumwelt ab, wenngleich die neue Arbeitsstelle der pure Kontrast zur Hölle war. Während einer Woche konnte ich nicht mehr schlafen, hatte Halluzinationen und keinen blassen Schimmer, was in meinem Kopf vor sich ging. Gleich oberhalb dieses Hotels befand sich ein Spital. Dort wurde ich erstmals wie eine Gänseleber mit Tabletten abgefüllt und war gefangen in einer mir bisher völlig fremden Welt, mit sehr eigenartigen Spital-Patienten. Ich war als 19-Jähriger in der „Klapsmühle" gelandet und wusste nicht einmal, wieso! Die anschließende Psychose war extrem intensiv, Stühle hatten Gesichter, Bilder bewegten sich, im Spiegel konnte ich zusehen, wie meine ersten Barthaare am Kinn wuchsen. Die Nebenwirkungen der Medikamente waren so extrem, dass ich keine halbe Minute ruhig sitzen konnte. Als mich meine Mutter damals aus diesem Spital abgeholt hat, musste ich wie aus einem inneren, unkontrollierbaren Zwang heraus mindestens alle 10 Kilometer auf der vierstündigen Autofahrt aussteigen. Das war im Herbst 1997, also vor über 20 Jahren. Wie schnell doch die Zeit vergeht – im Nachhinein.

Pieterlen

Jüngster Koch in der Gilde

msp. An der Generalversammlung der «Schweizer Gilde etablierter Köche» wurde der Jungkoch Marcel Ritzmann vom Restaurant Klösterli in Pieterlen in die ehrenwerte Vereinigung aufgenommen.

Mit dem Erhalt der Urkunde ist Marcel Ritzmann mit 28 Jahren das jüngste Mitglied von knapp 300 Aktivmitgliedern einer Berufsvereinigung, in der gerade einmal ein Prozent aller Gastrobetriebe der Schweiz aufgenommen sind.

Der nächste Wunsch des ambitionierten Kochs ist die Aufnahme in die «Champions League» der Junggastronomen bis 45 Jahre: die exklusive Vereinigung «Les Jeunes Restaurateurs d'Europe».

Karriere des Jungkochs

• **1994–97**: Kochlehre im Hotel Elite in Biel
• **2000**: Hotelfachschule in Thun
• Verschiedene Anstellungen als Koch, unter anderem im Vieux Manoir in Murten
• **2005**: Patron und Küchenchef im «Klösterli» in Pieterlen. Erhält 13 Gault-Millau-Punkte auf Anhieb.
• **2006**: Aufnahme in die Gilde etablierter Schweizer Gastronomen.
• **2008**: 14. Gault-Millau-Punkt. Starkoch Anton Mosimann testet das «Klösterli».

(fm)

Zeugnis   Certificat   Certificato

Frau	Fräulein	Herr
Madame	Mademoiselle	Monsieur
Signora	Signorina	Signore

Name		Vorname(n)	
Nom	Ritzmann	Prénom(s)	Marcel
Cognome		Nome(i)	

Geburtsdatum	11. Februar 1978	AHV-Nr.	748.78.142.113
Date de naissance		No AVS	
Data di nascita		N. AVS	

Heimatort		Staatsangehörigkeit	
Lieu d'origine	Basel (BS)	Nationalité	Schweiz
Luogo d'origine		Cittadinanza	

hat vom		bis	
a travaillé du	01.08.1994	au	auf weiteres
ha lavorato dal		al	Ende der Lehre
			31. Juli 1997

als	
en qualité de	Kochlehrling
come	

in unseren Diensten gestanden
dans notre établissement
nella nostra impresa

Tätigkeitsgebiet
Domaine d'activité
Campo d'attività

Leistungen
Qualité du travail
Qualità del lavoro

Marcel Ritzmann hat sich auf allen Posten
in unserer Küche sehr solide Grundkenntnisse
angeeignet.
Er arbeitet sauber, zuverlässig und exakt.
Aufgrund seiner guten Auffassungsgabe ist er
durchaus fähig auch anspruchsvolle Arbeiten
auszuführen und einen Posten selbstständig
zu organisieren.
Dank seiner Ausgeglichenheit uns seiner Hilfsbereitschaft wird er von Vorgesetzten und
Mitarbeitern sehr geschätzt.
Marcel Ritzmann wird seine Lehre Ende Juli
sicher mit einer guten Abschlussprüfung be-
enden.

Verhalten
Tenue
Condotta

Wir können ihn jedem zukünftigen Arbeitgeber
bestens empfehlen und hoffen, dass er sich
in seinem Beruf weiterhin zu seiner vollen
Zufriedenheit entwickeln kann.

Datum		Stempel und Unterschrift	
Date	21. Februar 1997	Timbre et signature	HOTEL ELITE
Data		Timbro e firma	CH-2501 BIENNE

Auskunftsperson für Referenzen	
Personne citée en référence	Urs Weidmann
Persona di riferimento	Küchenchef ☎ 032 322 54 41

27th February 1997

MOSIMANN'S
London

Mr Marcel Ritzmann
Rebenweg 4
CH - 2542 Pieterlen
Switzerland

Dear Mr. Ritzmann,

Thank you so much for your recent letter requesting a position with Mosimann's Club in London.

As we have a full compliment of staff at the present time, I would recommend that you do one or two seasons in Switzerland and then reapply. On principal we prefer our staff to have experienced a couple of seasons in Switzerland.

May I wish you every success and look forward to hearing from you again in the near future.

With kind regards,

Yours sincerely

ANTON MOSIMANN

11B WEST HALKIN STREET
BELGRAVE SQUARE
LONDON SW1X 8JL
TELEPHONE: 0171-235 9625
FAX: 0171-245 6354
MOSIMANN'S LIMITED
REGISTERED NO: 2186889 (ENGLAND)
REGISTERED OFFICE
11B WEST HALKIN STREET
LONDON SW1X 8JL

Bereits während des dritten Lehrjahres bewarb ich mich als Jungkoch bei meinem ehemaligen grossen Vorbild. Die Stelle erhielt ich nicht, doch zehn Jahre später durfte ich für den Meister in meinem Hotel-Restaurant kochen – ein Traum ging in Erfüllung.

Das war Ritzmanns grosser Traum

Pieterlen Der Küchenchef vom Restaurant Klösterli durfte für sein grosses Vorbild kochen

GLÜCKLICH Marcel Ritzmann (l.) neben seinem grossen Vorbild Anton Mosimann. sl

Wenn Marcel Ritzmann den Abflug für seine Ferien verschiebt, muss das einen besonderen Grund haben. Der Herr der Töpfe im Hotel/Restaurant Klösterli tats, um Starkoch Anton Mosimann zu bekochen. Der Jungkoch erntete vom grossen Meister viel Lob.

JÜRG AMSLER

«Es ist schon etwas Besonderes, wenn sich Anton Mosimann als Gast in unserem Betrieb anmeldet. Es ist, wie wenn für mich ein Traum wahr wird. Der Abflug in meine Ferien musste warten.» Marcel Ritzmann (Küchenchef im «Klösterli» Pieterlen) strahlt, ist herausgeputzt. Endlich sitzt er neben seinem grossen Vorbild. Sein illustrer Gast und dessen Begleiter sind bedient. Und nicht nur sie, auch alle Freunde und Bekannten, die an diesem speziellen Besuch teilhaben durften, sind mit Köstlichkeiten verwöhnt worden.

Besuch ist ein Muss

War Marcel Ritzmann aufgeregt? «Ich wollte einfach, dass alles auf den Tellern von A bis Z perfekt ist. Ich wollte Anton Mosimann zeigen, was ich kann.» Und ist es ihm gelungen? Das Urteil des Meisterkochs mit dem Titel Officer of the British Empire (OBE) könnte besser nicht sein: «Ich habe hier im «Klösterli» ausgezeichnet gegessen. Die Speisen waren gut abgeschmeckt und sehr leicht. Der Garpunkt war perfekt. Ich werde diesen Abend lange in bester Erinnerung halten.» Marcel Ritzmann bestimmt auch. Er habe in der Küche jede Minute genossen. und seine Crew habe hervorragende Arbeit geleistet, gibt der Küchenchef ein Teil des Lobes weiter.

«Kann nicht untätig sein»

Etwas interessiert noch: Wieso machen Anton Mosimann und seine Frau ausgerechnet in der Provinz, in Pieterlen, Halt? «Ich bin für zweieinhalb Wochen in der Schweiz, besuche Kollegen. Ich war in Villars und will nach St. Gallen. Da liegt Pieterlen doch schön mittendrin», sagt der grosse Meister und schiebt nach: «Ich habe Marcel vor zehn Jahren als jungen Koch kennen gelernt. Seine Einstellung zum Beruf und sein Drive haben mir schon damals imponiert. Ich wollte unbedingt sehen, ob das immer noch so ist. Für mich war es darum ein Muss, in Pieterlen abzusteigen.» Zudem sei er mit der Region sehr verbunden. «Ich bin in Grenchen geboren und in Nidau aufgewachsen.»

Für Anton Mosimann ist der Aufenthalt in der Schweiz keine kulinarische Ferienreise: «Ich kann auch in den Ferien nicht untätig sein. Meine Zeit ist immer ausgefüllt mit Arbeit. Ich nehme hier verschiedene Besprechungstermine wahr. Darum geniesse ich einen Abend. wie eben diesen, doppelt.» Er habe auch Engagements, an denen er selber koche, bei «Art on Ice» zum Beispiel, oder sei für Kochseminare verpflichtet worden.

Marcel Ritzmann und ▮▮▮▮▮ ▮▮▮▮ (Maître de Service im «Klösterli»), die beiden Geschäftsführer des Traditionshauses, wissen es zu schätzen, den prominenten Gast mit ausgefülltem Terminkalender beherbergt zu haben. Anton Mosimanns Eintrag im Gästebuch wird an dessen Besuch erinnern. Ein weiteres Kapitel der Erfolgsgeschichte ist geschrieben.

Mehr Infos: www. ▮▮▮ ▮▮ .com oder www. ▮▮▮▮ f ▮ com

Im Folgenden eine kleine Anekdote aus der „Schlacht am Pass": Über dreißig verschiedene Bestellungen an der Teller-Ausgabe (Küchensprache: Pass). *Bitte nicht noch mehr – cool down!* Jetzt hieß es Angriff: Und die Küchenbrigade von zwei Mann gab in jenem Moment das Bestmögliche. Die letzte Bestellung war draußen. Ein gemeinsames Bier und Handshake. Die „Schlacht" war gewonnen und die Küche somit ein weiteres Mal verteidigt. Jedes Mal wurden wir stärker, besser und noch verschworener. Uns konnte nichts mehr umhauen – die Organisation und das Teamwork stimmten. Perfektion, mit Rasse und Klasse. Niveau, Adrenalin und Leidenschaft. Das Ganze unter enormem Zeitdruck. Alles in allem konnte ich das Kochen als kleinen „Kick" bezeichnen.

Der schönste Tag während meiner Berufskarriere als Koch.

Ein Gentleman zu Gast

Marcel Ritzmann aus **Pieterlen** lud den Schweizer Spitzenkoch Anton Mosimann und seine Frau Kathrin ins «Klösterli» ein.

hf. Die Gäste im «Klösterli» kamen nicht aus dem Staunen heraus: Ist er es, oder ist er es nicht?, wurde gerätselt. Er war es, höchst persönlich, der Schweizer Starkoch und Küchenchef des Londoner Belfry Clubs Anton Mosimann. Er kam gestylt, wie es sich für einen Gentleman gehört. Auch sein Markenzeichen – ein bunter, seidener Papillion – fehlte nicht. Begleitet wurde er unter anderem von seiner Gattin Kathrin.

Das Paar wurde von Marcel Ritzmann, dem Patron und Küchenchef des Pieterler «Klösterlis», zum Nachtessen eingeladen

Haben das Essen genossen: Kathrin und Anton Mosimann (v.l.) mit Marcel Ritzmann.
Bild: René Villars

und von ihm bekocht. Serviert hat er ihnen eine Lachs-Roulade, eine Champignons-Suppe, eine Baby-Langouste und eine Filets-Mignons-Triologie bestehend aus Lamm-, Rinds- und Schweinefleisch.

«Es hat vorzüglich geschmeckt», lobte Anton Mosimann. «Die Languste war perfekt.» Dieses Lob macht Marcel Ritzmann überglücklich. «Das spornt mich natürlich für Neues an», sagte er.

10

MOSIMANN'S
London

Passion for Excellence

London, 18.02.08

Sehr geehrter Herr Ritzmann

Für den angenehmen Abend und den warmen Empfang im Klösterli möchten wir Ihnen recht herzlich danken. Es freute uns auch sehr, mit Ihren Eltern nach so langer Zeit wieder einmal zu plaudern und alte Erinnerungen aufzufrischen. Wir haben Ihre Küche sehr geschätzt, die Gerichte sind kreativ, sehr schön präsentiert und alle die sorgfältig zubereiteten Ueberraschungen haben uns wirklich geschmeckt. Auch unsere Gäste waren begeistert von der feinen Küche und werden sicher wieder bei Ihnen vorbeikommen. In der Presse haben wir einige sehr positive Artikel über das Klösterli gelesen und freuten uns für Sie darüber.

Ebenfalls besten Dank für die Menus und das Buch von Ernesto Schlegel, die Sie mir durch Ihren Vater übergeben haben, gerne werde ich alles in meine Sammlung einreihen.

Wir hoffen, Sie haben Ihre Ferien in Thailand trotz der kleinen Verspätung genossen. Für die Zukunft wünschen wir Ihnen alles Gute und viel Erfolg in unserem interessanten und schönen Beruf.

Nochmals herzlichen Dank für Ihre zuvorkommende Gastfreundschaft. Gerne werden wir Sie gelegentlich wieder einmal besuchen.

Mit freundlichen Grüssen

und alles Gute

Chairman's Office

11B West Halkin Street
Belgrave Square
London SW1X 8JL

Telephone 020 7838 7812
Fax 020 7235 7847

amosimann@mosimann.com
www.mosimann.com

11

Die Schüler der Berufsschule
legen letzte Hand an ihre jährliche
Leistungsschau.

Die Fachkommission für Berufsbildung
im Gastgewerbe des Kantons Bern veranstaltet zur Förderung
der beruflichen Ertüchtigung einen

Wettbewerb für Kochlehrlinge

DIPLOM

Die Jury hat die Arbeiten von

Marcel Ritzmann

mit

Gold bewertet.

Köche im 1. und 3. Lehrjahr
Marcel Ritzmann, 18, 3. Lehrjahr, bereitet eine mit Champignons gefüllte Crêpe zu. Alain Stutz, 16, im 1. Lehrjahr, kocht eine Gemüse-Julienne und lernt, wie man Austern öffnet.

Cuisiniers
en 1ère et en 3ème année
d'apprentissage.
Marcel Ritzmann, 18 ans, 3ème année, prépare entre autres, une crêpe farcie aux champignons.
Alain Stutz, 16 ans, 1ère année, mijote une julienne de légumes. Il s'entraîne également à ouvrir les huîtres.

Die Küche ist ihr Reich

Pieterlen «Ferienjob» im «Klösterli» für drei Kochlehrlinge

PIETERLEN

«Passion de la cuisine» im «Klösterli»

Marcel Ritzmann und drei seiner Lehrlinge zeigen, dass Kochen für Gäste mehr als eine Leidenschaft ist. 12

Zum dritten Mal wartet das Hotel/Restaurant Klösterli mit kulinarischen Wochen auf. Bis zum 23. Dezember zelebrieren drei angehende Köche zusammen mit Marcel Ritzmann die hohe Kunst des Kochens.

JÜRG AMSLER

Sie, Simon Imoberdorf, Rolf Schaller und Philip Zeidan, haben einige Gemeinsamkeiten. Alle drei haben sie sich für eine Kochlehre entschieden, ihre Lehre absolvieren sie im «Vieux Manoir au Lac» in Murten und gemeinsam verbringen sie nun einen Teil ihrer Ferien in der Küche des Hotel/Restaurants Klösterli in Pieterlen. Was jedoch viel wichtiger ist, sie zelebrieren die gute Küche auf eindrückliche Weise, die drei Kochlehrlinge kochen mit grosser Leidenschaft. Davon können sich bis zum 23. Dezember die Gäste im renommierten Landgasthof am Jurasüdfuss selber überzeugen.

Marcel Ritzmann, er ist selber «Souschef» in der Küche des «Le Vieux Manoir», erklärt, wies überhaupt dazu gekommen ist: «Unser Betrieb am Murtensee ist weitgehend auf die Sommersaison ausgerichtet. Vom 7. Dezember bis Ende Februar ist Winterpause, die Türen bleiben geschlossen. Normalerweise haben die Kochstifte dann Ferien, diese sind als Kompensation für die vielen Arbeitsstunden zu verstehen, die in den Sommermonaten geleistet werden müssen.»

Selbst ist der Koch

Die drei Lehrlinge würden ihn, so Ritzmann weiter, während des dritten «Food-Festivals» in der Küche des elterlichen Betriebes unterstützen. «Für sie ist es natürlich schon etwas anderes. In Murten stehen 20 Personen in der Küche, hier sind wir jetzt zu viert. Wir bereiten zudem alles gemeinsam vor, gehen sogar zusammen auf den Einkauf, etwas, was in einem Grossbetrieb fehlt», sagt Ritzmann und lobt den Einsatz «seiner» Lehrlinge. Die Speisekarte – sie ist ebenfalls als Gemeinschafts-

werk entstanden – beweist viel Kreativität. Feinschmecker der klassischen Küche, aber auch jene der «Nouvelle Cuisine» finden darauf etwas. Die Auswahl reicht vom gespickten Lammkarree mit Wildhase bis zum Wolfsbarschfilet mit Kartoffel-Erbsenpüree und Karottensauce, dem Jäger-, Fischer- oder Vegimenü. Der Jahreszeit entsprechend fehlen auch die Jakobsmuscheln nicht, und die Dessertkarte verführt mit herbstlich-winterlichen Genüssen.

Was den Gästen auf den Tellern schliesslich serviert wird, ist nicht nur köstlich vorbereitet und bestens gekocht, sondern mit ebenso viel Hingabe angerichtet worden. Das Kochen wird als eine hohe Kunst verstanden. Ein weiterer Beweis dafür, dass von den drei Lehrlingen die Ferienbeschäftigung als sinnvoll Aus- und Weiterbildung verstanden wird.

Hotel/Restaurant Klösterli, Pieterlen: «La passion de la cuisine», bis zum 23. Dezember. Samstag ab 17.30 Uhr geöffnet, Sonntag ganzer Tag geschlossen. Reservationen unter Telefonnummer 032/377 33 33

Kochen mit Leidenschaft

Im Hotel Klösterli in Pieterlen wird das dritte Food-Festival unter dem Motto «la passion de la cuisine» zelebriert. Bis am 23. Dezember führt der Landgasthof eine kulinarische Aktion der etwas anderen Art durch.

ckp. Hirschcarpaccio, grillierte St. Jakobsmuscheln auf Morchel-Artischocken-Frikassee, Lammcarré gespickt mit Wildhase, Steinpilzparfait im Wirsingmantel oder Rauchlachssuppe parfümiert mit Anis, Kastanienschaum-Törtchen mit Vanilleeis und Variationen von der Zwetschge. Dies eine Auswahl der Gerichte, die noch bis am 23. Dezember im Hotel Restaurant Klösterli angeboten werden.

Das «Food-Festival» wird nun schon zum dritten Mal durchgeführt. Initiant ist Marcel Ritzmann. Sein derzeitiger Arbeitgeber, das «Vieux Manoir au Lac» in Murten, schloss Anfang Dezember seine Tore bis Ende Februar und ging in die lange Winterpause. Aus diesem Grund entschloss er sich, zusammen mit drei Lehrlingen vom «Manoir» diese kulinarische Aktion im elterlichen Betrieb in Pieterlen durchzuführen.

Die Lehrlinge und der Meister: *Philip Zeidan, Simon Imoberdorf, Rolf Schaller und Marcel Ritzmann (von links nach rechts).* Bild: ckp

«La passion de la cuisine» soll dem Gast zeigen, mit wie viel Leidenschaft sich zukünftige Köche für ihren Beruf einsetzen. Philip Zeidan, 1987, Simon Imoberdorf, 1986, und Rolf Schaller, 1986, Lehrlinge im zweiten Lehrjahr, kreierten mit Marcel Ritzmann eine innovative und kreative Speisekarte, speziell für diese Tage. «Es werden alle Gerichte von der Basis frisch zubereitet und selber hergestellt, das heisst, wir verwenden keine Fertigprodukte», so Ritzmann. Weiter bemerkt er, dass auf der Speisekarte sowohl Feinschmecker der klassischen Küche als auch jene der «Nouvelle cuisine» etwas finden werden. Zum Beispiel das Fünf-Gang-Jägermenü, das Vier-Gang-Fischermenü oder das Vegimenü. Farbenfroh und kreativ präsentieren sich die Gerichte wie der sautierte Wolfsbarsch mit Kartoffel-Erbsenpüree mit Karottensauce, liebevoll dekoriert mit allerlei Kräutern und Tupfern. Das Sorbetteller mit acht verschiedenen Glacen und Fruchtsalat, ein Augenschmaus und ein Genuss.

Die drei begeisterten Lehrlinge freuten sich, einmal die ganze Verantwortung übernehmen zu können. Sind doch im Lehrbetrieb rund 20 Köche im Einsatz, im Gegensatz zum «Klösterli», wo sie zu viert arbeiten. Das Zusammenstellen der Gerichte, Einkaufen bis zum Herstellen sei eine echte Herausforderung gewesen, so die Lehrlinge. Denn im Lehrbetrieb wird ihnen alles vorgesetzt. Es sei eine gute Erfahrung, denn die Zeit sei zum Teil sehr knapp bemessen, müssten die Jungköche doch alles selber erledigen.

Auf ihre Zukunftsvisionen angesprochen, meinen Philip, Simon und Rolf, erst einmal die Abschlussprüfung mit guten Noten bestehen. Anschliessend in gehobenen Betrieben Erfahrungen sammeln. Es ist Philips Traum, im einzigen 7-Sterne-Restaurant der Welt, in Dubai, zu kochen. Wer weiss, wenn er so weiter kocht, kann dieser Traum vielleicht eines Tages wahr werden.

Unter Leitung von Marcel Ritzmann, zurzeit Sous-Chef im «Manoir» in Murten, leisteten die Lehrlinge Innovatives.

Ritzmann, geboren 1978, absolvierte seine Lehre im «Elite» in Biel und arbeitete anschliessend im verschiedenen Restaurants und Hotels wie zum Beispiel im «Quellenhof» in Bad Ragaz oder im «Beatus» in Merligen. Er besuchte die Hotelfachschule in Thun und arbeitet seit diesem Jahr in Murten. Auf seine Zukunftspläne angesprochen, meint er, dass er die Absicht habe, in den nächsten paar Jahren den elterlichen Betrieb, das Hotel Klösterli in Pieterlen, zu übernehmen.

Die kulinarische Aktion dauert noch bis zum 23. Dezember. Reservationen: Hotel Restaurant Klösterli, Pieterlen, Marcel Ritzmann, Tel 032 377 33 33, Natel 079 569 69 68, Fax 032 377 33 63.

14

Das grosse Vorbild

Man spricht wieder vom Klösterli! Beginnen wir unsere Geschichte doch in der Gegenwart, nämlich mit einem Zeitungsartikel aus der Wochenzeitung Biel Bienne! In der Ausgabe vom 14./15. Januar 2009 schrieb Hans-Ueli Aebi dort unter dem Titel Anton Mosimann: «Der Seeländer Starkoch veröffentlichte sein 13.Kochbuch und demonstrierte im Klösterli Pieterlen sein Können. [...] Alle sind aufgeregt und blicken gebannt auf den schlanken Herrn mit dem weissen Schnurrbart, der farbigen Fliege und der hohen Mütze. In Majestäts Adern fliesst zwar kein blaues Blut, sondern jenes eines bodenständigen Nidauers. Und doch ist er der unbestrittene König unter den Köchen Helvetiens.»

Vor vier Jahren hat Marcel Ritzmann, Geschäftsführer und Küchenchef, den Betrieb als Mitbesitzer des Hotel-Restaurants Klösterli in Pieterlen übernommen. Ritzmann Junior hat die ehemalige Dorfbeiz zu einem Seeländer Wallfahrtsort für Gourmets gemacht. Die Tester von Gault Millau, von guide-bleu und von Michelin haben in den letzten Jahren die Tafel im Klösterli regelmässig prämiert. «Anton Mosimann in meiner Küche», flüstert Klösterli-Boss Marcel Ritzmann, «er war immer mein Idol.»

Inzwischen hat Marcel Ritzmann das Klösterli verlassen. Am Herd steht momentan wieder sein Vater Rudolf Ritzmann. Er und seine Frau Sofia sind seit 1985 im Besitz des Klösterlis. Begonnen hatte die Geschichte dieses Restaurants 1974, als der damalige Besitzer und Restaurateur Alfred Wolf und seine Frau Hanni ihren Neubau (Architektur Gottfried Schwarz) unter dem Namen Klösterli eröffneten; erst anschliessend wurde der Altbau abgerissen. Zwar war der Name Klösterli für die Liegenschaft im Dorf schon seit Generationen gebraucht worden, die dortige Wirtschaft dagegen hiess offiziell Löwen.
Quellennachweis:
Heinz Rauscher, lange Jahre Lehrer in Pieterlen, war ein hervorragender Lokalhistoriker und Autor der vierbändigen Ortsgeschichte Pieterlen und seine Nachbarn. Herr Rauscher war während der Sekundarschule mein Englisch und Deutsch-Lehrer.

Der Seeländer Starkoch veröffentlichte sein 13. Kochbuch und demonstrierte im «Klösterli» Pieterlen sein Können.

VON HANS-UELI AEBI

Am ersten Arbeitstag erreicht das Jahr 2009 im Restaurant Klösterli in Pieterlen einen ersten Höhepunkt: «Majestät» ist zu Besuch. Alle sind aufgeregt und blicken gebannt auf den schlanken Herrn mit dem weissen Schnurrbart, der farbigen Fliege und der hohen Mütze. In Majestäts Adern fliesst zwar kein blaues Blut, sondern jenes eines bodenständigen Nidauers. Und doch ist er der unbestrittene König unter den Köchen Helvetiens. «Anton Mosimann in meiner Küche», flüstert Klösterli-Boss Marcel Ritzmann, «er war immer mein Idol.» Eigentlich war der Besuch nicht vorgesehen, das Interview sollte ursprünglich im Büro stattfinden. Aber ein Rennpferd fotografiert man ja auch nicht in einer Papeterie.

Orden. Seine Kochlehre absolvierte Mosimann im «Bären» in Twann. Schon damals war er nicht bloss Kellenschwinger – er wollte der Beste sein. Bald kochte er in 5-Sterne-Hotels in der Schweiz, in Frankreich, Japan, Schweden und Italien. 1975 wurde der damals 28-jährige Chefkoch im «Dorchester Hotel» in London, 1988 eröffnete er sein Clubrestaurant, 2004 zeichnete ihn die Queen mit dem «Ordre of the British Empire» aus.

Mosimann kocht für alles, was Rang und Namen hat: für die Könige Schwedens oder Norwegens und für die Windsors. Auch Stars wie Elton John oder Mick Jagger schätzen seine Gaumenträume. In Downing Street 10 tischt er regelmässig auf, kürzlich weilte US-Präsident George Bush zu Besuch bei Premier Gordon Brown. Mosimann bereitete für den Texaner Beef zu, unter den wachsamen Augen von FBI-Agenten. «So etwas habe ich nie erlebt!»

London wurde zu Mosimanns zweiter Heimat. Seine beiden Söhne gingen hier zur Schule und auch seine Frau Kathrin fühlt sich wohl an der Themse. Wie fast jedes Jahr weilte er über die Feiertage in der Schweiz. Doch Mosimann wäre nicht Mosimann, wenn sein Aufenthalt nicht eine geschäftliche Komponente hätte. Im Reisegepäck hat er sein neustes Kochbuch mit dem Titel «natürlich frisch».

Buch. Für sein 13. Werk hat Mosimann in seine so einfache wie geniale Kochkiste gegriffen. Sein Geheimnis ist die «ehrliche Küche». Fisch soll nach Fisch schmecken und Geflügel nach Geflügel. Verwendung finden frische Zutaten, wenn möglich aus der Region. Butter und Rahm kommen sparsam zum Einsatz, dafür viele Gewürze und Kräuter.

Inspirationen findet er rund um den Globus. «Wenn ich über einen exotischen Markt schlendere, kreiere ich in meinem Kopf schon ein Rezept.» Er esse übrigens alles. Affenhirn sei ihm zwar noch nie vorgesetzt worden, «aber Ameisen können schmackhaft sein».

«natürlich frisch» umfasst rund 120 Rezepte, «die kann sogar der Aebi nachkochen», lächelt Mosimann. Darunter sind zwei Varianten seines Risottos, das Mosimann unter den Blicken der «Klösterli»-Crew zubereitet. «Haben Sie frische Champignons?» fragt Mosimann. Innert Minuten besorgt Ritzmanns Stift die Pilze im Dorfladen.

Demonstration. In wenig Butter dünstet Mosimann gehackte Zwiebeln an. Immer wieder nimmt er die Pfanne vom Herd und wendet mit der Holzkelle. Nach und nach fügt er Reis, Champignons und Morcheln hinzu, sowie ein wenig Schlagrahm und Parmesan. Mit Weisswein schmeckt er ab. Wiederholt versucht er. «Immer nur einen Teelöffel», betont er. Disziplin sei neben Joggingrunden im Hydepark das Geheimnis seiner schlanken Linie. Nach einer Viertelstunde sträuselt er frischen Schnittlauch über das Risotto – fertig ist der Gaumenschmaus! Klösterli-Chef Ritzmann, Koch, Stifte, Journalist und Fotograf – alle wollen kosten, und es schmeckt hervorragend! ∎

Le fameux chef seelandais sort son 13e livre de recettes et démontre son talent au «Klösterli» de Perles.

PAR HANS-UELI AEBI

Le restaurant Klösterli de Perles débute 2009 en fanfare. Une éminence est de passage. Tous les regards convergent vers un homme mince à la moustache blanche, au nœud papillon multicolore et à la toque de circonstance. Il n'y a aucun sang bleu dans les veines de ce fils d'un bistrotier de Nidau, mais il est l'un des rois de la gastronomie helvétique. «Anton Mosimann! Dans ma cuisine!» souffle, ému, le chef du «Klösterli», Marcel Ritzmann. «Il a toujours été mon idole.» En fait l'interview aurait dû avoir lieu dans un bureau. Mais on ne photographie pas un pur-sang dans une papeterie.

Ordres. Anton Mosimann a terminé son apprentissage au «Bären» à Douanne. Mais déjà, il ne se voyait pas en simple marmiton. Il voulait être le meilleur. Il poursuivit sa formation dans les brigades de cinq étoiles en Suisse, en France, au Japon, en Suède et en Italie. En 1975, à 28 ans, il devint chef de cuisine au «Dorchester Hotel» de Londres; en 1988, il ouvrit son propre restaurant-club et en 2004, la Reine l'honorait en lui remettant les ordres de l'Empire britannique.

Anton Mosimann a cuisiné pour les grands de ce monde: les rois de Suède et de Norvège et, bien entendu, les Windsor. Les stars du show-business ne font pas défaut: Elton John ou Mick Jagger savourent ses plats. Il officie régulièrement au 10 Downing Street: il y a peu, il cuisinait pour George Bush en visite chez le Premier ministre Gordon Brown. Pour le Texan, il a préparé du bœuf tendre sous l'œil vigilant des services secrets. «Je n'avais encore rien vécu de pareil!»

Londres est sa seconde patrie, ses deux fils y sont allés à l'école et c'est sur les bords de la Tamise que sa femme Kathrin est à l'aise. Comme presque chaque année, il a passé les Fêtes en Suisse, dans son appartement sur les rives du Léman. Il a visité ses amis et célébré le Nouvel An dans un petit hôtel. Mais Anton Mosimann ne serait pas Anton Mosimann si son séjour ne comportait pas un à-côté commercial. Dans ses bagages, on trouve son dernier livre de recettes titré «naturellement frais».

Livre. Pour sa treizième oeuvre, il présente un choix de ses recettes à la simplicité géniale. Son secret: la «cuisine sincère». Le poisson doit avoir le goût de poisson et la volaille celui de volaille. C'est dans la pratique qu'il trouve de nouveaux ingrédients, si possible régionaux. Le beurre et la crème sont utilisés avec parcimonie, sans rechigner par contre sur les épices et les herbes.

Il tire son inspiration du monde entier. «Si je flâne sur un marché exotique, j'imagine déjà une nouvelle recette.» Il dit manger de tout. Si on ne lui a encore jamais servi de la cervelle de singe, il avoue que «les fourmis peuvent être délicieuses».

Son livre, «naturellement frais», présente 120 recettes qui peuvent être apprêtées «même par l'Aebi», plaisante Anton Mosimann. Il comporte deux variantes de son fameux risotto qu'Anton Mosimann cuisine sous les regards attentifs de l'équipe du «Klösterli». Il demande des champignons frais que l'apprenti rapporte aussitôt de l'épicerie du village. ∎

Démonstration. Dans un peu de beurre, Anton Mosimann rissole des oignons. Il retire à plusieurs reprises la poêle du feu et les retourne à la spatule en bois. Peu à peu, il ajoute riz, champignons de Paris et morilles, ainsi qu'un filet de crème et du parmesan. Il goûte à mesure tout en arrosant la cuisson de vin blanc. «Seulement une cuillère à thé», souligne le maître-queux. La discipline, dit-il, ainsi que le jogging dans Hyde Park sont les recettes d'une ligne svelte. Après un quart d'heure, il parsème le risotto de ciboulette et ce plat est terminé. Le chef Marcel Ritzmann, le cuisinier, l'apprenti, votre serviteur et le photographe, tous veulent y goûter et sont enchantés par le fumet incomparable. ∎

Ausflüge nach New York City

In den renommiertesten Esstempeln New Yorks hat er nicht nur amerikanische Gaumentänze genossen, sondern auch hinter den Kulissen Küchenluft geschnuppert: **Marcel Ritzmann**, 27, hat im «Big Apple» während einer Woche die besten Küchen auf Einladung ehemaliger Arbeitskollegen besucht. «In der Zubereitung von Steaks sind die Amerikaner einfach Weltklasse», sagt der Geschäftsführer des Restaurants

Klösterli in Pieterlen. «Doch 400 Gramm Fleisch auf dem Teller kann ich wohl keinem meiner Gäste zumuten», lacht der Koch. Kein Gramm Fett hingegen hat der Feinschmecker in seiner Gourmetwoche am eigenen Leib zugelegt. «Ich bin sämtliche Strecken gelaufen.» Zurück in der Heimat steht Ritzmann wieder in der Küche und verwöhnt seine Gäste mit seinen Kreationen. «Am liebsten mache ich Gerichte mit Fisch oder Krustentieren.» Hat das Klösterli einmal Ruhetag, fiebert Ritzmann am liebsten im St. Jakob-Park mit dem FC Basel um die Wette.

Dans les temples des gourmets les plus réputés de New York, il a non seulement goûté aux délices culinaires américains, mais aussi humé le parfum des cuisines: **Marcel Ritzmann**, 27 ans, a visité les meilleures cuisines de «Big Apple» pendant une semaine sur invitation d'anciens collègues de travail. «Les Américains sont au top niveau mondial dans la préparation de steaks», affirme le patron du restaurant «Klösterli» à Perles. «Mes hôtes ne comprendraient pas que je leur serve 400 grammes de viande», rigole le cuisinier. Sa semaine de gourmet à New York ne lui a pas valu un gramme de graisse. «J'ai fait tous les trajets à pied.» De retour chez lui, Marcel Ritzmann a retrouvé sa cuisine et sert ses créations à sa clientèle. «Ma préférence va aux plats de poisson ou de crustacés.» Si le «Klösterli» ferme un jour, le boss assiste volontiers aux match du FC Bâle sur le gazon du stade Saint-Jacob.   ry

Das erste Mal in NY war ich kurz nach der Rekrutenschule. Im Gebäudekomplex des World Trade Center befand sich mein Hotelzimmer. Als frisch ausgelernter Koch wollte ich natürlich unbedingt die Küche des Restaurants im WTC sehen. Also fragte ich beim Dinner den Kellner, ob es möglich wäre, dieses zu besuchen. „Na klar!", sagte er, und ich folgte ihm in die Küche. Kaum angekommen, fragten mich die Jungs in der Küche, woher ich komme und was ich hier in New York so mache. Wir tauschten Ideen aus und zum Andenken erhielt ich vom Küchenchef eine Speisekarte geschenkt. Ungefähr fünfzehn

Jahre später, im September 2001, musste ich nach dem Attentat zuallererst an die Küchenbrigade denken und hoffte, dass nicht alle ums Leben gekommen waren.Am Flughafen hatte ich auf dem Weg zum Rückflug bereits alle Sicherheitschecks durchlaufen, doch zum Rauchen musste man leider wieder zum Ausgang. Ich paffte vor dem Abflug also noch ein, zwei Kippen und machte mich gleich danach wieder auf den Weg zum Terminal. Natürlich stand ich dann abermals vor den Sicherheitschecks. Aus Spaß lupfte ich meinen Hut, aber die Securitys fanden dies gar nicht witzig. In der Schweiz nahm ich dann meinen Koffer aufgeschlitzt und völlig durchwühlt wieder entgegen.

Auf Stippvisite im Waldorf-Astoria

Das Hotel-Restaurant Klösterli **Pieterlen** hat sich als Top-Adresse für kulinarische Spezialitäten in der Region etabliert. Kein Wunder: Küchenchef Marcel Ritzmann orientiert sich an den besten Küchen der Welt.

msp. Gute Beziehungen sind in der Welt der Spitzengastronomie Gold wert. Auch Marcel Ritzmann, Chef de cuisine im Hotel-Restaurant Klösterli in Pieterlen, verfügt über ein wertvolles Netzwerk. Schliesslich erlernte er die Kochkunst in den grossen Häusern der Schweiz.

Vor seinem Wechsel in den familieneigenen Betrieb in Pieterlen wirkte Marcel Ritzmann als Junior Sous-Chef im Hotel Vieux Manoir in Meyriez. Remmert J. Jepkes, ein Arbeitskollege aus dieser Zeit, ist heute Outlet Manager im New Yorker Hotel St. Regis, dem Flaggschiff und Mutterhaus der weltweit tätigen Starwood- und Sheraton-Hotelketten.

Blick in New Yorks Küchen

Von Jepkes bekam der Pieterler Junggastronom vor einigen Wochen die Einladung zu einem Kurztrip durch die kulinarischen Top-Adressen im «Big Apple». «Seit ewigen Zeiten streiten das Waldorf-Astoria und das St. Regis um die Vorherrschaft in Manhattan», weiss Marcel Ritzmann.

Marcel Ritzmann bildet sich in den besten Küchen New Yorks weiter.   Bild: msp

«Im Waldorf, dem Aushängeschild der Hilton-Gruppe, steigen die ausländischen Staatspräsidenten ab, im St. Regis sind es dagegen die Reichen und die Schönen.»

Beeindruckt von den beiden Gastrotempeln, begaben sich Ritzmann und sein Begleiter Dieter Aeschbach auf weitere Entdeckungstouren. Zum Beispiel in das Nello, das Stammlokal von Robert de Niro, oder in das Four Seasons mit dem Bündner Christian «Hitch» Albin als Chef de cuisine. Spontan lud dieser arrivierte Gastronom die beiden zu einem Lunch im Grill-Room ein,

wo Marilyn Monroe einst John F. Kennedy zu seinem 45. Geburtstag ein unvergessliches «Happy Birthday» ins Mikrofon schmachtete.

Einmalige Erlebnisse

Während seines Kurztrips lebte Ritzmann in einer WG mit Holländern zusammen, die sich in der New Yorker Gastroszene einen Namen gemacht haben und einiges zu erzählen hatten. «Ich bin mit einmaligen und unvergesslichen Eindrücken aus New York zurückgekehrt, doch ich glaube kaum, dass wir mit der amerikanischen Küche dereinst Gäste ins Klösterli locken werden», resümiert Ritzmann schmunzelnd.

Sämtliche Ziele erreicht

Vor genau einem Jahr hat Marcel Ritzmann zusammen mit seinem langjährigen Kollegen Francesco Canale – ehemaliger Maître d'hôtel im Elite in Biel – das Klösterli übernommen. «Wir haben im ersten Jahr sämtliche Ziele erreicht», freut sich Ritzmann. Francesco Canale hat sich in Pieterlen ebenfalls sehr gut eingelebt und freut sich auf eine spannende Zukunft mit seinem kochenden Partner.

«Wir haben gemeinsam noch viel vor», meint der junge Küchenchef, der seit kurzem Anwärter ist für die Aufnahme in die exklusive Vereinigung «Jeunes Restaurateurs d'Europe». «Wenn ich dort aufgenommen werde», meint Ritzmann strahlend, «lasse ich es mal wieder so richtig krachen.»

...the one and only Christian ‚Hitch' Albin beim Apéro mit Ritzmann...

...ein schmackhaftes ‚Highlight' im legendären ‚Four Seasons'...

...Friandises von der Erdbeere im ST.REGIS vom schwedischen
Pâtisserie-Weltmeister Morgan...

Welt der Reichen und Schönen

Pieterlen Marcel Ritzmann auf kulinarischer Entdeckungsreise in New York

Zu dieser Jahreszeit gibts bestimmt wärmere Destinationen. Für Marcel Ritzmann hat sich der Kurztrip dennoch gelohnt: Die amerikanische Gastronomie kennt kaum Grenzen – so lange der Preis keine Rolle spielt.

JÜRG AMSLER

Diese Einladung konnte Marcel Ritzmann, Küchenchef im Hotel-Restaurant Klösterli in Pieterlen, nicht ausschlagen. Sein ehemaliger Arbeitskollege im «Le Vieux Manoir» Murten, Remmert J. Jepkes, ist jetzt Outlet Manager im New Yorker Hotel St. Regis. Das «Flaggschiff» und weltweite «Mutterhaus» der «Star-Wood»- und «Sheraton»-Hotelkette war für den Junggastronom und seinen Begleiter Dieter Aechbach die erste Station.

Jepkes klärte seine Schweizer Gäste auf: «Das Aushängeschild der Hilton-Hotels, ‹The Waldorf-Astoria›, und das ‹St. Regis› streiten seit eh und je um die Nummer eins in New York. Es wird ein ewiger Wettstreit um die beste Positionierung in der Stadt bleiben.» Im «Waldorf» würden die ausländischen Staatspräsidenten bei ihrem New-York-Besuch absteigen, im «St. Regis» die Reichen und Schönen.

Dass reich an Dollars zu sein in dieser Stadt sehr viel bedeutet, haben die beiden Gastro-Touristen sehr schnell begriffen. Ritzmann: «In New York ist nichts unmöglich. Es ist nur eine Frage des Preises.»

Wo Marilyn Monroe einst sang

«Auf unserer Entdeckungstour quer durch Manhattan haben wir noch weitere gastronomische Kultstätten kennen gelernt. So waren wir im ‹Nello›, dem Stammlokal von Filmstar Robert de Niro an der Madison Avenue.» Marcel Ritzmann kommt beim Erzählen über den Besuch im «Four Seasons» richtig ins Schwärmen – nicht nur wegen der Küche. Christian «Hitch» Albin, der Schweizer Küchenchef, geniesse seit Anfang der 70er-Jahre in New York ein sehr hohes Ansehen. «Zu unserer grossen Überraschung hat er uns ganz spontan zum Lunch in den Grill-Room eingeladen. In jenem Grill-Room also, in dem Marilyn Monroe am 9. Mai 1962 John F. Kennedy zum 45. ein Geburtstags-

EMD GEHEN» Marcel Ritzmann an der Front im «Nello». ZVG
«FREMO»

ständchen gesungen hat.» Schon damals, so Ritzmann weiter, habe das Dinner für die rund 400 geladenen Gäste über 400 000 US-Dollar gekostet.

Zurück zu den Wurzeln

In New York von einem gastronomischen Trend zu sprechen, sei schwierig. «Nicht die Speisekarte gilt als Referenz, sondern die illustren Gäste sind massgebend über das Ansehen. Darum kann kein eigentlicher Vergleich mit europäischen Verhältnissen gemacht werden.» Ritzmann hat dennoch feststellen können, dass Menüs aus den glorreichen Zeiten aus dem Archiv geholt werden, Altes wieder aufgefrischt wird.

Auch wenn Marcel Ritzmann mit vielen Eindrücken zurückgekehrt ist, steht für ihn fest: «Die amerikanische Küche ist nicht unbedingt nachahmenswert. Ich glaube kaum, dass wir je einmal mit Amerika-Wochen Gäste ins ‹Klösterli› locken werden. Diese sollen weiterhin mit unserem kulinarischen Angebot verwöhnt werden.»

ZWEI «NEUE» Marcel Ritzmann (links) und Andreas Illmer («Löwen», Bad Ragaz). zvg

Mit 28 Jahren schon etabliert

Pieterlen Marcel Ritzmann vom «Klösterli» ist Gilde-Koch

«Auch wenn es für mich wegen des Genera tionenwechsels ein bisschen einfacher ge wesen ist, in den Kreis der etablierten Gilde Köche aufgenommen zu werden, fühle ich mich dennoch geehrt.» Marcel Ritzmann Küchenchef vom Hotel/Restaurant Klösterli in Pieterlen, darf zu Recht stolz sein auf ei ne weitere Auszeichnung in seiner doch so jungen Karriere. Immerhin ist er nun jüngs tes Mitglied einer Berufsvereinigung, in der nur zirka ein Prozent aller nationale Gastrobetriebe aufgenommen sind.

Seit Januar 2005 führt Ritzmann zu sammen mit seinem Partner F█████ C█████ den Traditionsbetrieb im Dorf am Jurasüdfuss in zweiter Generation. Wenns in diesem Tempo weitergeht, wird der jun ge Spitzenkoch schon bald wieder Grund zum Feiern haben. Sein Ziel ist es, in die ex klusive Vereinigung «Les jeunes restaura teurs d'europe» für Junggastronomen bis 45 Jahren aufgenommen zu werden. «Die Mess latte, um in dieser ‹Champions-League› mit mischen zu können, ist sehr hoch. Doch ich arbeite daran und komme hoffentlich dem Ziel immer näher.» (SL)

Gilden-Werbesäule vor dem «Klösterli»

Das Konzept mit den ef fektvollen und nachts be leuchteten Werbe-Luft säulen der Gilde findet bei den Gilden-Mitgliedern immer mehr Beachtung. So hat auch Gilden-Mit glied Marcel Ritzmann vom Hotel-Restaurant «Klösterli» in Pieterlen bei Biel die Gilden-Werbe luftsäule für die Dauer sei ner kulinarischen Sonder aktion «Geheimrezepte aus der Klosterküche» vom 18. Oktober bis 8. November 2002 gemie tet.

Geheimrezepte aus der Klosterküche

Marcel Ritzmann schreibt über

Die beleuchteten Gilden-Werbesäulen entfalten ihre Werbewirkung besonders auch nachts!

seine Spezialitätenwochen im Hotel-Restaurant «Klösterli»: «Möchten Sie wissen, was für schmackhafte Mahlzeiten frü her im Kloster genossen wur den? Wenn Sie einmal in klösterlichem Ambiente die mit viel Kreativität neuzeitlich zubereiteten Klostergeheim rezepte kosten möchten, sind Sie im Klösterli in Pieterlen goldrichtig. Es erwartet Sie am Eröffnungsevent ein Diner mit vier Gängen, bei einmali ger Klosteratmosphäre. Die Theatergruppe von Pieterlen erzählt Anekdoten aus Klö stern, und in der Klosterbräu Bar wird bis zu später Stunde das Bier und der Klosterwein angezapft.

Während den folgenden drei Wochen können Sie jeden Mittag aus einigen Klosterge richten ein preiswertes, währ schaftes Menu auswählen. Am Abend unterbreitet Ihnen das Klösterli-Team ein exklusi ves Speiseangebot mit be währten Rezepten aus der Klosterküche, die neuzeitlich und kreativ zubereitet wer den. Bestimmt werden auch Sie begeistert sein, drei jungen und innovativen Ab gängern der Hotelfachschule Thun über die Schultern zu schauen.»

Fazit

Eine originelle kulinarische Ak tion, welche nicht nur von ei nem stimmungsvollen Am biente begleitet ist, sondern auch mit effizienter und ef fektvoller Werbung (auch zu gunsten der Gilden-Gastrono mie) unterstützt und bekannt gemacht wird.

Und das Tüpfchen aufs i ist der ausdrückliche Einbezug junger Hotel- und Gastro Fachleute aus der Hotel- und Gastronomiefachschule Thun. Chapeau, Marcel Ritzmann!

Infos:
Hotel-Restaurant Klösterli
2542 Pieterlen
Tel. 032/377 33 33
Fax 032/377 33 63

Projektwoche während der Hotelfachschule im elterlichen Betrieb.

«Mönche» servieren Klostermenü

Pieterlen «Geheimrezepte aus der Klosterküche» im Restaurant Klösterli

Essen wie zu Zeiten des heiligen Franziskus. Das steht gegenwärtig im Restaurant Klösterli in Pieterlen auf dem Programm. Mit Anleihen an die moderne Erlebnisgastronomie soll dem Gast die kulinarische Vergangenheit nahe gebracht werden.

Gestartet wurde die «Kloster-aktion» mit einem Eröffnungsabend für Freunde des Hauses. Marcel Ritzmann, frisch gebackener Absolvent der Hotelfachschule, hatte die Idee. Das erzählte sein Vater, Rudolf Ritzmann, Inhaber des «Klösterli» in Pieterlen. Bedient wurden die Gäste von «Brüdern» und «Schwestern» in braunen Mönchskutten. Auch die Theatergruppe Pieterlen liess es sich nicht nehmen, zwischen den einzelnen Gängen ihre Lesestücke mit verteilten Rollen in monastischem Aufzug zu präsentieren. Annemarie Widmer, Heinz Rauscher und Toni Kunz informierten über die Geschichte des «Klösterli» und über fiktive Vorgänge am Zinstag des Jahres 1270.

Diplomarbeit umgesetzt

«Es beginnt langsam einzuheizen», gestand ein Kollege von Marcel Ritzmann auf die Frage nach dem Tragkomfort der Kutte vergnügt. Deshalb werden die braunen Gewänder während der Klostermenü-Aktion nicht getragen. Das Essen besteht dennoch durchaus aus Zutaten, die im mittelalterlichen Europa verbreitet waren: Fenchel, Fische, Getreiderisotto oder gefüllter Kalbsbraten geben sich da ein Stelldichein. Desserts wie «Klosterfrauenstrümpfe und Vanillesauce» las-

Spezialitäten *Servierende «Mönche» gabs im «Klösterli» nur am ersten Tag der Aktionswochen zu sehen.* FOTO: DANIELA DECK

sen auch der Fantasie Raum. Doch die Kartoffeln brechen den Stil ein bisschen. Weil sie aber aus einer gepflegten Menükarte nicht wegzudenken sind, meinte Marcel Ritzmann spontan: «Heutige Klöster kochen ja auch Kartoffeln.» Die Aktion «Geheimrezepte aus der Klosterküche» entstand aus Marcel Ritzmanns Diplomarbeit an der Hotelfachschule. Bis auf einen ge-

planten Wettbewerb unter den Gästen, für den sich keine Sponsoren fanden, wurde die Idee von einer Gruppe eben diplomierter Köche und Köchinnen umgesetzt. Einige von ihnen werden Ritzmanns auch während der kommenden Wochen helfen. *(dd)*

Die Aktion läuft bis zum 8. November. Reservationen: 032 377 33 33.

Der heftigste Drogenentzug

An einem schönen Morgen lag ich bewusstlos in meiner Wohnung. Ich musste aus der Altstadt von Biel mit ansehen, wie Herr W. C. mit seinem Anhang mein Elternhaus zerstörte. Nebst einem 6-Pack Billigbüchsen Bier (die ich danach auch gleich wieder herauskotzte) und x verordneten Pillen lutschte ich briefchenweise sehr starke Beruhigungsmittel (auch als Benzodiazepine bekannt) wie Kaugummis.

Meine Eltern wollten auf eine Busreise nach Österreich. Vor der Abreise wollten sie sich von mir verabschieden und als ich das Telefon nicht abnahm, fuhr mein Vater zu mir in die Altstadt und kontaktierte den Notarzt.

Als ich im Spital wieder zu mir kam, hatte ich einen massiven Realitätsverlust. Ich tobte und riss mir die Infusion vom Handgelenk. Daraufhin spritzte das Blut wie ein kleiner Wasserfall auf den Boden. Ich rutschte auf der eigenen Blutlache aus, brach mir dabei die linke Schulter und verdonnerte das rechte Sprunggelenk inklusive diverser Bänder. Ich schrie und beschimpfte die Leute in der Notaufnahme und wurde daraufhin logischerweise vom Sicherheitsdienst für drei Nächte in Gewahrsam genommen. Nach ein paar Tagen in der geschlossenen Entzugsstation (ähnlich wie im Knast – pure Observation) kam ich wieder einigermaßen zu mir und realisierte auch, was für eine „Scheiße" ich mal wieder gebaut hatte. Ich entschied mich freiwillig, zu bleiben und den Drogenentzug kalt (ohne systematischen Abbau der Substanz im Körper) zu vollstrecken. Während circa eines Monats vibrierte mein Körper, vergleichbar mit einer extremen Grippe. Kalt und dann wieder heiß, hin und her, die ganze Zeit. Dazu noch die Frakturen nach der „Bruchlandung" im Spital und ein Therapeut oder auch Hilfsarzt (ungefähr gleiche Gewichtskategorie), der mir freundlich mitteilte, dass wenn ich nicht schlafen könne, er mir auch eine „reindonnern" könne. Da waren andere Entzüge (Alkohol, THC, Kokain oder was auch immer) um einiges stressfreier gewesen für den Körper. Vor allem die Entgiftungsaufenthalte vor den Herzinfarkten.

Anekdote aus der Klinik: Ein Mitpatient war sozusagen der Doppelgänger des Detektivs Derrick. Für alle, die diesen Detektiv nicht kennen: Derrick war ein Polizeikommissar in einer TV-Serie. Er hatte hängende Tränensäcke, eine große Brille. „Harry, hol den Wagen." „Ich trinke nicht zu viel, aber zu regelmäßig."

Frauengeschichten

Die erste große Liebe fand ich mit knapp zwanzig. *Sie* war damals schon Mitte zwanzig. Welch ein große Ehre, als Teenager eine bereits etwas ältere Stute zu reiten! Obwohl wir langfristig gesehen nicht füreinander bestimmt waren, hat uns immer etwas ganz Besonderes verbunden.

Einmal hatte sie den Schlüssel für die Eingangstüre ihrer Wohnung vergessen und öffnete deshalb ein Fenster von außen über den Katzeneingang. Wir standen in ihrem Wohnzimmer, da starrte sie mich auf einmal an und fiel wie ein Baum kerzengerade auf den Fliesenboden. Durch den Aufprall platzte die Haut am Hinterkopf auf und das Blut spritzte nur so aus ihrem Schädel. Ich kniete mich vor sie hin, hielt ihr den Kopf zusammen und rief vom Handy aus den Notarzt. Ungefähr ein halbes Jahr später starb sie an einem epileptischen Anfall, als sie alleine zu Hause war und bei einem weiteren Epilepsieanfall an ihrer eigenen Zunge erstickte.

Nach der Beerdigung hagelte es nur so von Sternschnuppen vom Nachthimmel, als wollte sie mir damit ein Zeichen setzen. Kurz darauf verknallte sich aus unerklärlichen Gründen eine tolle Frau in mich. Sie hatte auf ihrem Arm einen wunderschönen Schmetterling tätowiert. Als meine ehemalige Herzdame gestorben war, hatte der Pfarrer bei der Beerdigung erklärt, dass sie sich nun wie eine Raupe zum Schmetterling verwandeln und in den Himmel hochfliegen würde. Es ist schon erstaunlich, kurze Zeit später stand meine Traumfrau vor der Haustüre. Sie war mit knapp zwanzig noch zu jung und ich voll in einem harten Drogenentzug. Diese Affäre konnte nicht glücklich enden und war von vornherein zum Scheitern verurteilt.

Die Beziehungen zu Frauen, die ich anfänglich eigentlich gar nicht wollte und die mehr oder weniger per Zufall entstanden, harmonierten im Grunde genommen am besten und währten am längsten. Mit der Zeit verliebte ich mich dann immer trotzdem. Ein altes Sprichwort sagt: „Liebe wächst mit der Zeit." So jedenfalls ist es teilweise mir ergangen. Oder aber es war „Liebe auf den ersten Blick". Bei den superhübschen Mädels habe ich es halt oft mit Drogen- und Alkoholtrips verbockt und diese somit regelrecht in die Flucht getrieben.

Einander in Frieden auf die Fresse hauen

Während der Grundschule nahm ich nicht, wie eigentlich üblich, bei den Jungs im Fach „Handwerken" teil, sondern meldete mich bei den Mädels fürs „Handarbeiten" an. Ich war im zarten Alter von 15 Jahren felsenfest entschlossen, die „FCB Fans Sektion-Seeland" zu gründen. Die selbst gestickte Zaunfahne war sozusagen in allen Fußballstadien der Schweiz, vor allem zu „Zweite-Liga-Zeiten". In Luzern in der Bahnhofshalle nach einer deftigen Keilerei ist sie dann für immer und ewig verschwunden.

Egal wo ich hinkam, überall hieß es: „Ich will dich!" – Na klar, den Größten in der Reihe. Glücklicherweise hatte ich als Teenager jede zweite Woche einen Pikser in die Pobacken bekommen und geriet so anhand von Hormonspritzen einen Kopf kürzer als Mutter Natur eigentlich geplant hatte. Die Ärzte konnten schon damals, vor den Zeiten des Internets, anhand der Fuß- und Handknochen ausmessen, wie groß ich mal werden würde. Als Vergleich: ähnlich wie die Ringe in einem Baumstamm zum Berechnen des Alters.

Boxen in Lausanne

Vor dem Spiel stand ich gemütlich an der Buvette, um ein Bier zu bestellen. Auf einmal knallte mir so ein Vollidiot sein Knie in meinen Rücken. Nach dem zweiten Kick drehte ich mich um, fragte den Vogel, was er wolle, und knallte ihm daraufhin ein-, zweimal die Faust in die Fresse. Danach war Ruhe.

Bei einem anderen Besuch in der oben genannten Stadt, auch wieder bei einem Eishockeyspiel, hatte ich mir kurz zuvor bei einem Ski-Unfall das linke Schien- und Wadenbein gebrochen. Ein circa 30 Zentimeter langer Stift aus Titan mit Schrauben an den Gelenken stabilisierte das zertrümmerte Bein. Es war schon langsam Frühling geworden und die Meisterschaft ging in die entscheidende Phase. Mein Bein war immer noch kaputt, doch ich wollte trotzdem zum Spiel. Nur aus verteidigungstechnischen Gründen hatte ich nebst den obligatorischen Krücken auch eine kleine Dose mit Pfefferspray im Hosensack. Ich stand in der Kurve des Gästesektors mit ein paar Kumpels und eigentlich wollten wir nur das Spiel sehen. Unten bei der Eingangskontrolle kam es zu irgendeinem Gerangel mit dem Sicherheitsdienst, das mit einer Schlägerei weiterging und schlussendlich damit endete, dass, als der Mob auf mich losgehen wollte, ich mich dazu genötigt sah, das Tränengas aus der Tasche zu ziehen. Dabei entstand in dem gesamten Bereich eine dichte Wolke, die auch Unbeteiligte zum „Weinen" brachte. Die Jungs vom Sicherheitsdienst wurden wie immer zunehmend aggressiv und als sie mit dem Finger auf mich zeigten und mich aus dem Mob herauspicken wollten, begannen meine Freunde, um mich herum einen Kreis zu bilden. Den Securitys war es einfach nicht möglich, mich abzuführen. Als wir nach dem Spiel zur Heimfahrt wieder in den Bus stiegen, wurden wir mit einem „Flaschen-Regen" verabschiedet. Ein bis zwei Tage nach dem Zwischenfall musste ich verständlicherweise beim Präsidium des Vereins vorsprechen. Ich erklärte den Leuten, dass ich mich lediglich verteidigt hatte und aufgrund meines noch gebrochenen Beines ausnahmsweise bewaffnet gewesen war, als Selbstschutz sozusagen. Die Klub-Verantwortlichen konnten die Situation nachvollziehen und beließen es bei einer mündlichen Ermahnung.

Bei einem anderen Spiel lief es anders. Dort erhielt ich nach einer Schlägerei und wegen Mitführens pyrotechnischen Materials ein offizielles Verbot in sämtlichen Eishockey- und Fußball-Arenen der Schweiz. Das folgende Stadionverbot vermochte meinen Fanatismus in Bezug auf den Heimverein, sei es im Eishockey oder im Fußball, jedoch nicht zu stoppen. Zu dieser Zeit, also vor dem Zeitalter des Internets und Überwachungskameras, war es relativ einfach, ein Verbot zu umgehen. Zum Beispiel erkannte ich einen Polizisten in Zivil auf 20 Meter allein anhand seiner Schuhe. Oder eine Prostituierte auf 50 Meter, nur schon anhand meiner Menschenkenntnisse.

Arabischer Karneval, boxen bis der Schnee rot ist

Es war Karneval, Hochwinter, und es hatte viel Schnee. Ich kam in ein Festzelt und sah, wie dort zwei Asyl suchende Araber eine Frau belästigten. Ich sagte den Typen, dass sie damit aufhören sollten. Beide schauten mich voller Hass an und begannen, auf mich einzuschlagen. Dem einen verpasste ich mit einem Faustschlag einen Cut (Riss an der Augenbraue), danach eskalierte die Situation. Viele Araber reagieren „allergisch", sobald sie Blut sehen. Also nahmen sie ihre Gläser, zerbrachen diese an der Bartheke und wollten mir die Kehle aufschlitzen. Der Sicherheitsdienst kam ins Zelt und ich flüchtete ins Freie. Schon ziemlich „angeknockt", wartete ich draußen auf diese beiden Bastarde. Wie wilde Tiere liefen sie auf mich zu und verpassten mir einen Schlag nach dem anderen. Als ich schlussendlich im vom Blut roten Schnee lag, wichen sie von mir. Die Frau kam anschließend aus dem Zelt, bedankte sich bei mir und gab mir einen Kuss auf die Wange. Ich habe diese Leute nie wieder im Leben gesehen.

Kleinholz aus „Mr. Kickwick"

Wie jedes Jahr Ende Juni fand in meiner Heimatstadt das Sommerfest, die „Braderie", statt. Eigentlich hatte ich im Pub nur einen Becher Bier holen wollen, doch schlussendlich endete dieser Versuch in einer Massenschlägerei. Ich trat gemütlich in das Lokal und hatte eine Zigarette in der Hand. Es hatte dermaßen viele Leute, dass ich die Kippe diskret am Boden ausdrückte. Ein Typ, der sich vor seiner Freundin aufspielen wollte, kam auf mich zu, klopfte mir kräftig auf die Schulter und fragte mich: „Machst du das zu Hause auch?" Ich entschuldigte mich, doch der Typ ließ nicht locker. Er suchte die volle Konfrontation. So begann ich während der geführten Diskussion Blut in meinen linken Unterarm zu pumpen und machte den Stress suchenden Typen darauf aufmerksam, dass wenn er nicht aufhören würde, es gleich knallen würde. Er berührte mich nur ganz leicht an der Nasenspitze. Daraufhin donnerte ich ihm einen linken Aufwärtshaken (Uppercut) unter das Kinn, sodass er von der Wucht des Schlages fast über den Bartresen geflogen wäre. Im Pub entstand Panik. Von allen Seiten kamen auf einmal Flaschen und Gläser geflogen und es hagelte nur so von Faustschlägen. Vor dem Lokal befanden sich ein paar Kumpels von mir. Diese hatten den Tumult natürlich mitbekommen. Sie kamen ins Pub und das Ganze endete in einer wüsten Massenkeilerei. Das „Mr. Kickwick"-Pub wurde nach der Renovierung geschlossen und heißt bis zum heutigen Tag immer noch „Provisorium".

Pseudonym

Als Teenager hörte ich viel Hip-Hop und Rap und sprayte auch öfter mal eine Wand an. 1992 durfte ich als „Special Guest" zu einem Konzert einer Band aus Marseille, die damals in meinem ehemaligen Elternhaus übernachtete. Da entstand diese Idee meines Pseudonyms Mars!el. Ich kann mich heute noch daran erinnern, als sei es gestern gewesen. Die Musikgruppe kam mit einem schneeweißen Bus aus Südfrankreich angereist. Kurz bevor sie in unserem Hotel eincheckten, checkten sie in BNC[1] den Konzertsaal und die Bühne ab. Während dieser knappen Besichtigungsstunde besprühte ein alter, stadtbekannter Hip-Hop-Clan den gesamten Bus. Als die Band wieder zurück war und auf unserem Hotel-Parkplatz ausstieg, meinten einige von ihnen nur: „Ach du Scheiße! Wo zum Teufel sind wir denn hier gelandet?!" Die Band aus Marseille benannte

---

1Biel-Bienne City

ihr erstes Album „De la planète Marseille". In den Texten singen sie immer wieder vom Planeten Mars. Ich war ein großer Fan dieser Gruppe und wollte ein eigenes Pseudonym. Also kombinierte ich meinen Vornamen mit der Inspiration der Musikgruppe.

Politik und Religion

Die Konfession meiner Eltern wurde mir regelrecht aufgezwungen. Das heißt: Der Besuch in der Kirche, vor allem sonntags und an Feiertagen, war ein Muss. Ich ertrug diesen ganzen Zirkus und das Gesülze eigentlich von Beginn an nur sehr mühselig. Im Firmlager waren wir dann so eine richtige „Sau-Bande". Wir rauchten, kifften, tranken hochprozentigen Alkohol im Zimmer und hörten so lange Musik, bis der Pfarrer in den Schlag kam und mich an den Haaren zog. Am nächsten Morgen war Katerstimmung, wir versammelten uns alle im Speisesaal zu einer Aussprache. Der Pfarrer sagte nur mit gesenktem Blick: „Ich habe das letzte Nacht aus Verzweiflung getan."

Wie schnell die letzten zwanzig, dreißig Jahre die Welt doch den Bach runterging. Die Weltmeere sind überfischt und verdreckt, die Armen verrecken und die Reichen werden immer reicher. Ein Menschenleben ist nicht mehr viel wert. Die Erde wäre eigentlich ein sehr schöner Planet, wenn es nicht all diese Religionsfanatiker gäbe. Wie sehr dieser Planet kaputt und zerstört ist, zeigen auch die jüngsten Ereignisse. Das Ende der Menschheit wird kommen und ist unvermeidbar. Überall herrscht Krieg. Und das wird auch kein Ende nehmen, weil die krankhafte Habgier der Reichen und Mächtigen unersättlich ist, wie es scheint, sie ist wie ein Sog.

Inzwischen bin ich „allergisch" auf einen krankhaften Kapitalismus. Kleine Hosenscheißer, wie beispielsweise mein ehemaliger Kompagnon, erlauben sich mit ziemlich viel Geld einfach alles und verhalten sich dabei völlig skrupellos. „Geld bedeutet für mich Freiheit!", pflegte er stets zu sagen. Nebst den Leuten, die mich meiner Existenz, meines Berufs und meiner Gesundheit beraubt haben, sind auch die korrupten Staaten von Amerika die größten Schweinehunde. Pardon, ich wollte nicht die Schweine und Hunde beleidigen! Vermutlich waren sogar die Anschläge von 9/11 ein Inside Job, nur um einen Grund zu finden neue Kriege anzuzetteln und damit Kohle zu scheffeln. Viele Leute wissen gar nicht wie verlogen die Ami-Regierung ist! Sehr interessant ist ein Internet-Vortrag des Basler Friedensforscher Dr. Daniele Ganser zum Thema: „WTC7 – Feuer oder Sprengung?".

Die Prophezeiungen der Kirche, des Vatikans und anderer sind nichts anderes als gut organisierte Szenarios à la „Holly-/Bollywood" oder sonst irgendwas wie „Robin Hood". Wie verlogen die Politik teilweise ist, zeigen Hunderte von Beispielen. In den korrupten Staaten von Amerika (die Meister der Inszenierung – die wissen schon heute, wer ihr Präsident von morgen ist) führt dieses Amt zurzeit ja bekanntlich ein ehemaliger Geschäftsmann aus, der innerhalb von 15 Jahren das Kunststück zustande gebracht hat, viermal ein Unternehmen in den Ruin bzw. Konkurs zu treiben. Und so ein Penner soll für wirtschaftlichen Aufschwung sorgen und ein Land regieren?! Ein anderes Beispiel, das an Falschheit wohl nicht mehr zu überbieten ist, hat seinen Ursprung in Deutschland: Es kommt eine Partei an die Macht, die sich dadurch profiliert, indem sie von sich selbst behauptet: „Wir sind gegen Ausländer, Andersdenkende, andere Hautfarben und andere religiöse Einstellungen. Wir sind streng konservativ und gegen gleichgeschlechtliche Liebesbeziehungen." Und was macht eines der Parteimitglieder?! – „Alice im Wunderland" lebte hier in BNC im Exil als Ausländerin, heutzutage auch „Wirtschaftsflüchtling" genannt, mit einer Dunkelhäutigen in einer gleichgeschlechtlichen Liebesbeziehung und zieht mit dieser Lesbe zwei Kinder auf. Diese „Dame" predigt also in ihrem Parteiprogramm Wasser und trinkt hintenrum heimlich Wein. Deshalb und auch aus x anderen Gründen versuche ich mich, so weit und so gut es geht, von Politik und Religion zu distanzieren. Zu verlogen geht es hinter den Kulissen ab!

Mein liebes Tagebuch (Erlebnisse aus dem Alltag) – „Die Highlights meines Lebens" – Die komplette Überwachung

Aus gesundheitlichen Gründen Unterstützung vom Staat zu erhalten, ist kein Strafdelikt. Was allerdings merkwürdig anmutet: Die Politiker debattieren nun darüber, ob man Personen, die eine Rente beziehen, strenger überwachen sollte als Terrorverdächtige. Mannomann, wie bescheuert sind diese Bürokraten, die ihr Gehalt vom Steuerzahler einsacken, eigentlich?! Wieder einmal bestätigt sich die Tatsache, dass die Wahrheit eine Ansichtssache ist.

Wie wäre es, wenn ab sofort das Abhören von Politikern und dem Establishment von Bankern, Firmenchefs und anderen Bonzen genehmigt würde?! In einem freien, demokratischen Land ist „gleiches Recht für alle" schließlich obligatorisch! Nochmals die Frage: Wer kontrolliert nun diejenigen, die das Volk kontrollieren? Man könnte zum Beispiel an jeder fetten Limousine einen Peilsender montieren; bei der geringsten Geschwindigkeitsüberschreitung gäbe es automatisch ein Knöllchen und einen bzw. mehrere „Flensburg-Punkte", je nachdem – das wäre nur eine von zahlreichen kreativen Maßnahmen.

Ob ein ranghoher Staatsbeamter oder ein Sozialhilfeempfänger: In erster Linie bezieht ein Mensch Geld vom Staatsapparat, um zu (über-)leben. Auf welche Art und Weise der- oder diejenige dieses erhält, ist ganz unterschiedlich. Viele arbeiten für ihr Geld und die meisten von ihnen machen ihren Job gut. Doch dann hat es einige, welche die Kohle einfach so erhalten, wie die vielen Mittellosen, ohne groß eine Leistung dafür erbracht zu haben – mit dem Unterschied, dass sie halt offiziell als „Staatsangestellte" deklariert werden. Schlussendlich befinden sich im Staatsapparat auch einige „Spezialisten", die bewusst krumme Dinger drehen und via Korruption den Staat abzocken. Täglich hört man von solchen Fällen in den Nachrichten. So etwas nennt man im Volksmund auch „Filz"!

Während einer Entzugstherapie hatte ich einmal das Privileg, auf der Privatstation stationiert zu sein. Eine Ärztin meinte zu mir: „Mars!el, bei dem, was ich hier alles erlebt und gesehen habe, kann mir niemand erzählen, Politiker und Behörden würden die prominenten Junkies nicht teilweise decken." Es ist tatsächlich so: Korruption existiert nicht nur in der Dritten Welt, sondern auch in der reichen Schweiz. Vom „Vereinigten Europa" kann gar keine Rede sein. Im Bundestag werden Leute mit „Crystal Meth" ertappt und viele der Abgeordneten haben offensichtlich ein größeres Alkohol-Problem (Alkoholiker auf „hohem Niveau"). Sehr bald wird in den Staatskassen das Geld knapp sein. Spätestens dann werden die Politiker neue Einnahmequellen suchen. Und spätestens dann wird Cannabis möglicherweise legalisiert und besteuert.

Kürzlich sah ich mir im Fernseher eine Parlament-Debatte an. Während der eine Redner spricht, bohrt sich ein anderer Parlamentarier desinteressiert in der Nase, ein weiterer liest irgendwelche Artikel eines Boulevardblattes. Nicht die Bedürftigen und die Armen zocken das Land ab, sondern gerade diejenigen, welche die Gesetze schaffen, und zwar so, wie es ihnen gerade in den Kragen passt, natürlich zu ihren Gunsten. Im Parlament befindet sich die Brut der Abzockerei, nicht in der Gesellschaftsschicht, die sowieso schon wenig hat.

Es geht den Politikern doch hauptsächlich darum, den Staatsapparat (ähnlich wie die „Stasi" zu DDR-Zeiten) weiterhin aufzurüsten, intern Arbeitsplätze zu schaffen und Kohle zu scheffeln. Das Volk, also die einfachen Leute, hat aber ein großes Problem damit. Ein Parlamentarier erhält vom Steuerzahler unter anderem folgendes Honorar: an Sitzungstagen über einhundert Franken nur für Essen und Trinken, und das täglich! Zum Vergleich: Eine durchschnittliche Familie füllt sich mit einem „Hunni" für zwei Tage den ganzen Kühlschrank.

Ein Ring,
sie zu knechten,
sie alle zu finden,
ins Dunkel zu treiben
und ewig zu
binden.

Totgeglaubte leben länger

Für den Planeten Erde und das Überleben der Menschheit wäre es langfristig gesehen wohl das Beste, wenn sich alle Nationen vereinen würden und somit auch die Zukunft der Kinder gesichert würde. Verschiedene Staaten, Kulturen, Sprachen, Religionen sollten einander so gut wie möglich in Frieden begegnen. Mit dem ganzen Waffenschrott (Messer sind zum Kochen da!) könnte man weit sinnvollere Dinge anstellen. Stahl und Aluminium sind ja bekanntlich sehr gefragte Rohstoffe und mit der Recycling-Branche entsteht schon seit geraumer Zeit ein eigener Wirtschaftszweig. Wenn man heutzutage kein Geld hat und aus irgendeinem Grund zahlungsunfähig ist, besitzt man *nichts!* Kein Dach über dem Kopf, keine Infrastruktur, unter Umständen nicht einmal Wasser. In Asien wird demnächst sogar die Luft privatisiert. Wie kann man nur so rücksichtslos, krank und verdorben sein?! Aus persönlicher Erfahrung kenne ich *beide* Seiten des Lebens. Ein Leben in Saus und Braus, in dem der Materialismus herrscht, und ein elendes Dasein, in dem es ums nackte Überleben geht.

Berichterstattung in den Lokalmedien vom Januar 2019:

<u>Sich den Frust von der Seele geschrieben</u>

Marcel Ritzmann ist unter die Buchautoren gegangen. In seiner Autobiografie offenbart er die Höhen und Tiefen seines noch jungen und doch sehr bewegten Lebens. Er gewährt unverblümt Einblicke in seinen Lebenswandel, der alles andere als der Norm entsprochen hat. Er hat sich mit dem Gesetz angelegt. Er geht mit seinen einstigen Wegbegleitern gar nicht zimperlich um und teilt, ohne ein Blatt vor den Mund zu nehmen, tüchtig aus. «Nein, es sei keine Abrechnung», sagt Marcel Ritzmann. Er erachte sein Erstlingswerk vielmehr als Befreiungsschlag, um nach einem verkorksten Leben endlich wieder Fuss zu fassen und von der Gesellschaft akzeptiert zu werden.

Marcel Ritzmann, aufgewachsen in Pieterlen, hat eine Kochlehre absolviert. Der Jungkoch hat sich stark ins Zeug gelegt, sich weitergebildet, war innovativ und hat seine Kochkünste stets verbessert. Er hat Anton Mosimann im elterlichen Betrieb, den er seit 2005 zusammen mit einem Geschäftspartner geführt hat, bekocht und vom Starkoch viel Lob erhalten. Statt in der Gastronomie sich einen Namen zu schaffen, führten vor zehn Jahren gesundheitliche Probleme, Alkohol und Drogenkonsum zum totalen Absturz. Der einst so talentierte Koch landet tief im Sumpf und auf der Gasse.

Jetzt ist Marcel Ritzmann daran, sich wieder aufzurappeln und ist bestrebt, sein Leben in den Griff zu bekommen. Plötzlich hat er viel Zeit. Er will sie für sich nutzen – und hat zur Feder gegriffen. «Zurückkehren in meinen erlernten Beruf will und kann ich nicht», zeigt er sich selbstkritisch. Er weiss, dass er die Chance verpasst hat. Ob er weitere Bücher schreiben will? Ausgeschlossen sei nichts. Auf jeden Fall will er sich nicht – wie einst in der Küche – unter Druck setzen lassen. «Mein Buch ist für mich ein Neuanfang, der mir helfen soll, meine Ideen zu verwirklichen.» Es ist zu wünschen, dass ihm dies gelingt.

Mein Dank gebührt hiermit allen Schurken, Ganoven, Neidern, Intriganten, Feinden und anderem Gesocks. Ihr alle habt mich immer wieder beim Schreiben inspiriert. Für die vielen hilfreichen Anregungen und Ideen bei der Erstellung dieses Buches möchte ich mich herzlich bedanken, inklusive fünf implantierter Stents.

Ebenfalls möchte ich mich bei den zum Teil großen Luschen der Justiz, Behörden und Polizei bedanken, die mir mit wenig Geduld, Desinteresse und null Hilfsbereitschaft zur Seite standen. Bedanken möchte ich mich für die zahlreichen interessanten Debatten und Ideen, die maßgeblich dazu beigetragen haben, dass dieses Buch in dieser Form vorliegt.

Aprilscherz 2017

Versicherungsgesellschaft AG
Frau Vreneli Klugscheisser
Postfach / Irgendwo im Schweizerland

Mars!el; Ihre/Unsere Referenz: 19-123.71 – Ereignis vom März 2017 a. d. Planet Erde

Sehr geehrte Frau Klugscheisser

Wie am 1. April mit Ihnen telefonisch besprochen, stelle ich Ihnen sämtliche Formalitäten und das Beweismaterial via Post zu.

Stellungnahme zum Sachverhalt:

Am Freitag, dem 24.03.2017, wurde ich auf dem Fahrrad von einem Auto auf der Hauptstrasse in <BNC> abgedrängt und stürzte daraufhin mit relativ schweren gesundheitlichen sowie materiellen Folgeschäden. Glücklicherweise hatte ich zu jenem Zeitpunkt in meiner Haushaltsapotheke noch einen massgeschneiderten Gips eines früheren Sportunfalls sowie ausreichend Schmerz-, Schlaf-und Beruhigungsmittel, um mir die erste Nothilfe selber zu leisten.

Da die Notfallabteilung im Regionalspital meistens überlastet ist, war ich am Samstag, dem 03.03.2017, sehr zuvorkommend und hatte telefonisch bei der Notfallabteilung im oben genannten Spital einen Termin vereinbart, um mich medizinisch versorgen zu lassen.

Die erste Untersuchung/Behandlung fand am Sonntag, dem 26.03.17, statt. Obwohl die Symptome ähnlich wie bei dem früheren Sportunfall waren (damals Fraktur des linken Handgelenks), wurden in der Notfallabteilung (inkl. einer ca. 24-stündigen Voranmeldung) nur Röntgenfotos gemacht und es wurden mir diverse Medikamente (inkl. Schiene/Stütze) sowie viele <kluge> Ratschläge/Tipps auf den Heimweg mitgegeben.

Die erste Diagnose anhand der Röntgenfotos lautete: „Verstauchungen/Prellungen etc.; nichts weiter Gravierendes erkennbar; 2- bis 3-mal täglich Tabletten schlucken und achtsam sein." Ich habe dem behandelnden Spezialisten unter relativ starken Schmerzen mehrmals mitgeteilt, dass man doch bitte dringlichst eine Computertomografie und weitere Abklärungen machen solle, da zu jenem Zeitpunkt auf der Notfallstation die Frequenz anderer Patienten sehr niedrig war und man genügend Zeit hätte, um weitere Abklärungen sofort zu treffen. Meine Vorschläge/Empfehlungen wurden mit einer diskreten Arroganz abgelehnt.

Am Montag, dem 27.03.17, bin ich dann vormittags zuerst auf die Polizeistelle und habe eine Anzeige gegen unbekannt erstattet sowie den Unfall detailliert geschildert. Daraufhin konsultierte ich anschliessend meine Unfallversicherung, um den <Schaden> zu melden, damit diese diverse Abklärungen in die Wege leiten könne.

Nachdem ich unter relativ starken Schmerzen den <Polizei-/Versicherungsmarathon> endlich absolviert hatte, habe ich mich mit meiner Mutter zum Spazierengehen getroffen und ihr alles über dieses negative Ereignis (den Unfall) erzählt.

Wie aus <heiterem Himmel> erhielt ich während des Spaziergangs ein Telefonat (gegen 15:00 Uhr) der chirurgischen Notfallstation des oben erwähnten Hospitals. Ich müsse sofort wieder zurück ins Spital kommen, um weitere Untersuchungen durchführen zu lassen. Meine Antwort war: „Entschuldigung; nur weil Sie und Ihre Berufskollegen mich letzten Sonntag <etwas fahrlässig und nicht sorgfältig genug> untersucht haben, kann ich jetzt nicht am Flughafen einen Helikopter mieten und sofort wieder zurück ins Spital zurückkommen."

„Doch, doch, Sie müssen bis spätestens 20:00 Uhr wieder im Spital erscheinen, um an Ihrem linken Arm weitere Untersuche durchführen zu lassen." Ich habe mich vernünftigerweise an die Empfehlung des Dienstarztes gehalten und bin dann gegen 18:30 Uhr im Regionalspital erschienen. Nach sämtlichen Untersuchungen habe ich dann gegen 21:00 Uhr die Notfallstation verlassen, obwohl die Oberärztin eigentlich noch eine kurze Rücksprache mit mir halten wollte.

Ich hatte den ganzen Montag fast nichts gegessen und war aufgrund der komplizierten Umstände (ewiges Hin und Her = Stress pur!) mit meiner Geduld völlig am Ende und somit auch etwas <grantig> geworden. Ich wollte nach den essenziellen Untersuchungen nur noch eines: nach Hause gehen (Fahrzeit per ÖV mit Umsteigen ca. 1 Std.), etwas essen und endlich meine Ruhe finden und haben. Die Oberärztin hat dies indirekt als <Austritt gegen ärztliche Empfehlung> aufgefasst, obwohl ich an jenem Abend dem Spezialisten öfters mitgeteilt hatte, dass man am Sonntag, dem 26.03.17, genügend Zeit gehabt habe, um den ganzen <Zirkus> bzw. die ganze <Prozedur> bereits dann zu erledigen.

Die Polizei, die Versicherungen etc. erhielten im Rapport von Montagvormittag (27.03.17) leider eine <falsche Diagnose>, weil die Nachbehandlung/Untersuchung erst nach dem oben erwähnten Marathon stattfand und ich nach der ersten Konsultation fehlerhaft und nicht einwandfrei informiert wurde. Am Freitag, dem 31. März, um 11:45 Uhr, hätte ich einen offiziellen Termin im Regionalspital gehabt, um mich beraten zu lassen, wie die weitere Prozedur verlaufen sollte.

Gestern telefonierte ich mit der behandelnden Oberärztin, um mich informieren zu lassen, was mich heute (Freitag, 31.03.17) bei der Untersuchung überhaupt erwarten würde. Diese teilte mir freundlich mit, dass es sich lediglich um eine einfache Besprechung handeln würde. Daraufhin erwiderte ich ihr, dass ich auf diese Besprechung gerne verzichten könne (vor allem mit Rücksicht auf finanzielle Aspekte – „Die Krankenkasse bezahlt ja ...") und sie mir doch bitte endlich den offiziellen, definitiven Ärztebericht, d. h. die schriftliche Diagnose per Post zustellen solle. Die Oberärztin akzeptierte meinen Entscheid.

Ich bin sehr zuversichtlich, dass die Spezialisten im oben erwähnten Spital endlich dazu in der Lage sein werden, mir nach fast zwei Wochen Wartezeit eine korrekte Diagnose schriftlich zuzustellen, damit ich die Polizeistelle, die Versicherungen etc. (anhand des definitiven Spitalberichts) detailliert informieren kann und somit die Rapporte umgeschrieben/abgeändert werden können.

Mars!el; 'Patienten-Feedback und Kunden-Zufriedenheit'

<u>Persönliche Angaben:</u> Unterbauchschmerzen zur Abklärung. Frage nach Sigmadivertikulose oder Sigmadivertukulitis

Sachverhalt und Befund (nach Ansicht des Patienten):

Seit letztem Herbst habe ich regelmässig relativ starke Bauchschmerzen. Deshalb habe ich meinen Hausarzt bei einer Konsultation darauf angesprochen. Dieser wies mich in ein Spital in <BNC> ein, um eine radiologische Untersuchung durchzuführen.

Herr Dr. med. Harald Bratwurst (von der Radiologie-Abteilung) und mein Hausarzt waren anhand des Befundes der Ansicht, dass momentan noch kein Handlungsbedarf bestehe.

Am 16.12.2016 begannen die Schmerzen tagsüber immer stärker zu werden, bis hin zur absoluten Eskalation. Morgens um ca. 03:00 Uhr rief ich notfallmässig im oben genannten Spital an, um mein akutes Problem zu schildern. Die Dame am Telefon meinte, dass sie morgens um drei Wichtigeres zu erledigen habe, als sich meinen notfallmässigen Befund anzuhören.

Daraufhin habe ich mich unter sehr starken Schmerzen in meiner Wohnung geduscht, mein Necessaire mit Medikamenten etc. gepackt und bin mit dem Fahrrad morgens um 8:00 Uhr im medizinischen Notfallzentrum erschienen. Der Arzt im <Walk-in-Clinic-Center> war der Meinung, dass ich mich sofort in das Regionalspital zu einer Notfall-OP begeben müsse. Meine Antwort war (Zitat): „Ja, Herr Doktor. Ich werde mich mit dem Bus/ÖV in das Spital begeben. Auf die sFr. 1000.– Ambulanz-Spesen kann ich aber gerne verzichten. Eigentlich möchte ich freiwillig noch etwas leben."

Kaum im Spital auf der Notfallstation angekommen, hatte eine Frau Doktor den guten Plan, die Bauchwandhernie manuell zu stabilisieren. Dieses Vorhaben ist auch einigermassen geglückt. An diesem Tag fand leider erneut keine Notfall-OP statt. Trotzdem durfte ich zur Überwachung und präventiv eine Nacht im Spital verweilen.

Daraufhin erhielt ich ein neues Angebot, die oben genannte OP am 28.12.2016 durchzuführen. Am Vortag hatte mein geliebter verstorbener Vater sein 1. <Todestagsjubiläum>. Gegen 8 Uhr vormittags habe ich dem Sekretariat vom Regionalspital telefonisch mitgeteilt, dass ich mental und aufgrund anderer Umstände nicht in der Lage sei, den oben genannten Eingriff durchführen zu lassen.

Also wurde dieser erneut verlegt. Am Mittwoch, dem 11. Januar, bin ich pünktlich gegen 14:00 Uhr im Regionalspital erschienen. Aufgrund leichter Grippe-Symptome wurde ich gegen 17:00 Uhr wieder aus dem Spital entlassen, da der geplante Eingriff unter diesen Umständen nicht möglich sei.

Leider waren die zuständigen Ärzte und Ärztinnen nicht dazu in der Lage, mir gegen die Grippe-Symptome Medikamente mitzugeben oder ein dafür benötigtes Rezept auszustellen. Ebenfalls fand ich es langsam, aber sicher etwas mühsam, jedes Mal den verschiedenen Ärzten und Ärztinnen meine Krankheitsgeschichte sowie die Dosierung der Medikamente (vor allem wegen der Herz-Problematik) vorzutragen. Diese mögen sich bitte endlich organisieren, meinen Krankheitsbefund anhand des vorhandenen Archivs zur Kenntnis zu nehmen; dafür wäre ich sehr dankbar.

Ich bin voller Zuversicht, dass diese Bauchwandhernie demnächst erfolgreich operiert wird. In meinem Magen befindet sich seit Mitte Oktober 2016 eine tickende Zeitbombe, die hoffentlich bald von Spezialisten entschärft wird. Leider bin ich nur ein ehemaliger einfacher Koch mit einem Abschluss einer Hotelfachschule. Ansonsten hätte ich diesen Eingriff schon längst allein erledigt.

Den Sommer auf den Teller kreiert
Marcel Ritzmann und seine Passion, das Kochen

Einen Ferienjob der ganz besonderen Art übt Marcel Ritzmann aus. Im elterlichen Betrieb, dem Hotel Klösterli in Pieterlen, verwöhnt der junge Koch die Gäste mit speziellen Sommergerichten.

JÜRG AMSLER

PIETERLEN. «Die Küche ist meine Passion», sagt der 23-jährige Koch Marcel Ritzmann. Weil er gegenwärtig eher selten hinter den Kochtöpfen anzutreffen ist, nützt er seine Ferien, um sich seiner Leidenschaft wieder einmal so richtig hingeben zu können. Ritzmann steckt nämlich zurzeit mitten in der Weiterbildung. In Thun lässt er sich noch bis in den Herbst des nächsten Jahres zum eidgenössisch diplomierten Hotelier ausbilden.

Für jeden Geschmack etwas

«Jetzt habe ich fünf Wochen Schulferien und stehe für zwei Wochen in der Küche. Ich will nicht aus der Übung kommen und habe spezielle Sommergerichte kreiert, die wir – nur noch bis morgen Freitag – ab 18 Uhr servieren», begründet Ritzmann seine temporäre Rückkehr an den Herd.

Er habe darauf geachtet, dass auf der Schlemmerkarte sowohl Liebhaberinnen und Liebhaber der klassischen Küche als auch jene der «Nouvelle cuisine» etwas finden würden, erklärt Marcel Ritzmann das Angebot. Selbstverständlich würden alle Gerichte frisch zubereitet. Die Vorbereitungen und das Probekochen beanspruchten viel Zeit. Weil er nur mit einem Hilfskoch in der Küche stehe und «weil ich dann auch noch einige Ferientage ha-

Marcel Ritzmann ist zufrieden. Seine Sommergerichte werden von der Kundschaft mit viel Lob bedacht.
Foto: asb

ben möchte», habe er sich selber ein zeitlich begrenztes Limit für seinen Ferienjob gesetzt.

Eines nach dem andern

Als Nächstes setzt der innovative Koch, der seine Lehre im Hotel Elite in Biel absolviert hat, ganz auf den erfolgreichen Abschluss seiner Ausbildung. «Wohin es mich dann treibt, kann ich jetzt nicht mit Sicherheit sagen. Ich bin noch jung und werde wohl noch einige Jahre an Berufserfahrung sammeln. Ich kann mir auch gut vorstellen, dass ich später einmal den Betrieb meiner Eltern weiterführen werde», sagt Marcel Ritzmann. Doch er will sich keineswegs auf seine berufliche Zukunft festlegen.

Doch seine Augen beginnen immer besonders dann zu leuchten, wenn das Thema aufs Kochen fällt. Und er hat in den letzten Tagen seinen Gästen bewiesen, dass er sein Metier bestens versteht.

34

Marcel Ritzmann geht mit der Zeit

hf. Das «Klösterli» in Pieterlen hat nichts mit einem Kloster zu tun. Es ist ein modernes Hotel-Restaurant, dessen Betreiber Marcel Ritzmann sich in erster Linie den Wünschen der Gäste, aber auch der schnelllebigen Zeit anpasst. Der 13-Gault-Millau-Koch hat im «Klösterli» die Nase vorn. Er ist dort der «Chef de cuisine» und teilt zusammen mit ▒▒▒▒▒▒ ▒▒▒▒ die Aufgaben des «Patron».

Ritzmanns Arbeitstage sind meistens lang. Das macht ihm nichts aus, denn er ist Koch aus Leidenschaft. «Wenn den Gästen mein Essen schmeckt, zählt nicht die dafür aufgewendete Zeit, sondern deren Freude», sagt er. Vom Tüfteln bekommt der 30-Jährige nie genug. Als Jüngster der Gilde etablierter Köche versteht er es, immer neue, eigene Spezialitäten auf die Teller zu zaubern. Dabei achtet er nicht nur auf den guten Geschmack, sondern auch auf die Optik. «Schliesslich isst das Auge mit», sagt er überzeugt. Nebst kunstvoll verzierten Desserts gehören zu Marcel Ritzmanns Spezialitäten auch grüner Kartoffelstock, «dem grüne Erbsen die Farbe verleiht», verrät er. Fürs Kochen nimmt sich Marcel Ritzmann viel Zeit. Trotzdem muss das Timing stimmen», sagt er. «Niemand wartet gerne lange auf sein Menu.»

«Zeit», so Marcel Ritzmann, «gehört ganz einfach zum Leben, vor allem im Beruf. Obwohl er mit und nach der Zeit geht, glitzert selten eine Uhr an seinem linken Handgelenk. Und wenn, dann muss es seine edle Certina sein. «Die hat mir mein Bruder Daniel geschenkt.» Diese Uhrenlosigkeit hat nichts mit Uhren als vielmehr mit seinem Beruf zu tun. «Aus hygienischen Gründen darf ein Koch in der Küche weder eine Uhr noch Schmuck tragen», sagt er.

INFO: Preis seiner Certina: 450 Franken.

Marcel Ritzmann und seine

MARCEL RITZMANN präsentiert

ZURÜCK IN DIE KÜCHE

ein ATELIER BARISI Video

DVD PREMIERE

Das Hotel-Restaurant Klösterli einmalig zu Gast im

BLUE NOTE CLUB
Wyttenbachstrasse 4 - 2502 Biel-Bienne

Freitag 29. Dezember 2006
Türöffnung 19:15 Uhr - Vorstellung 20:00 Uhr
Eintritt Frei - Platzreservation empfohlen (Tel. 032 322 09 09)

Der talentierte Jungkoch, wie ihn seine Gäste noch nie zuvor gesehen haben.

35

So sehen ihn die Gäste sonst nie

Pieterlen Marcel Ritzmann und Thomas Barisi präsentieren «Zurück in die Küche»

Als Küchenchef des Hotels/Restaurants Klösterli in Pieterlen hat er sich bereits einen Namen gemacht. Marcel Ritzmann gewährt nun in einem rund 100-minütigen Video allen Einblick in den Alltag eines Junggastronomen.

JÜRG AMSLER

Vor zwei Jahren ist Marcel Ritzmann in die Fussstapfen seiner Eltern getreten. Zusammen mit Francesco Canale hat der Jungkoch das «Klösterli» in Pieterlen übernommen – und zu einem erfolgreichen Gastrobetrieb geführt. Die Aufnahme in den renommierten Gastroführern sind Beweis für die Qualität, die den Gästen im traditionsreichen Haus in Pieterlen geboten wird. Thomas Barisi ist seit letztem Juni selbstständig. Er betreibt in Biel ein eigenes Foto- und Videostudio.

Marcel Ritzmann und Thomas Barisi kennen sich seit ihrer Kindheit. Sie haben zusammen auf dem Pausenhof in Pieterlen gespielt. Nach der Schulzeit haben sie sich für einige Jahre aus den Augen verloren. Der Zufall wollte es, dass sich die beiden an einem Rockkonzert in Biel wieder getroffen haben. An Gesprächsstoff fehlt es nicht, Ritzmann wie Barisi hatten sich viel aus ihrem noch so jungen Leben zu erzählen. Auch das Thema Videofilm kam aufs Tapet – und der Funken hat gezündet. Filmemacher Thomas Barisi fühlte sich von Marcel Ritzmanns Idee sofort angesprochen.

Über 25 Stunden für 100 Minuten

Marcel Ritzmann und Thomas Barisi wollten eine «Reality-Doku» der besonderen Art realisieren. Es sollte keine Scheinwelt vorgetäuscht, sondern gezeigt werden, wie hart die Aufbauphase eines Unternehmens ist. Dies ist ihnen gelungen. Mehrere Monate dauerten die Dreharbeiten für das rund 100-minütige Video über den Alltag des Jungkochs. Über 25 Stun-

den Filmmaterial mussten zusammengeschnitten werden. Das Endergebnis darf sich schon sehen lassen. Es zeigt Marcel Ritzmann von einer ganz ungewohnten Seite. «Ich wollte schon seit einiger Zeit den Schritt vor die Kamera wagen. Mit diesem Film ist mir ein weiterer Meilenstein in meiner Berufskarriere gelungen.» Marcel Ritzmann gibt zu, dass seine anfängliche Hemmungen erst bei den Dreharbeiten abgebaut worden seien. Die Nervosität, unter Beobachtung zu arbeiten, sei mit der Zeit gänzlich verschwunden. Der Küchenchef nimmts in der Zwischenzeit gar ganz gelassen: «Im Hinblick auf eine Live-Web-Cam in meiner Küche wird es alltäglich werden, dass mich Internetbesucherinnen und -besucher unter die Lupe nehmen werden.»

Den Kopf voller Pläne

100 Minuten für einen Jungkoch? Der Bieler Filmkritiker Mario Cortesi ist überzeugt, dass sich diese Investition fürs Betrachten des Films unbedingt lohnt. Denn Ritzmann habe vieles zu sagen und zu zeigen. «Der Film ist geschickt und spannend gemacht, die Kamera hält nur inne, wenn der Hauptakteur in Grossaufnahme spricht.» Cortesi weiter: «Wir lernen einen Menschen kennen, der zwar weiss, dass er gut ist, aber eindeutig noch besser sein möchte. Er ist ein Perfektionist, mit dem Kopf voller Pläne und Visionen, ein selbstbewusster Könner, dem jedes Detail wichtig ist.»

Marcel Ritzmann und Thomas Barisi sind nun gespannt, wie ihr Umfeld auf ihr neustes Werk reagiert. Morgen Freitag wird «Zurück in die Küche» im Blue Note Club in Biel erstmals dem Publikum vorgestellt. Der Film ist als DVD vorerst nur auf Anfrage erhältlich. Es soll in erster Linie gezielt als Marketinginstrument eingesetzt werden.

Premiere von «Zurück in die Küche» ist morgen Freitag, 20 Uhr im Blue Note Club (Mittelstrasse, Biel). Türöffnung 19 Uhr. Der Eintritt ist frei.

MARCEL RITZMANN präsentiert

ZURÜCK IN DIE KÜCHE

ein ATELIER BARISI Video

Der talentierte Jungkoch, wie ihn seine Gäste noch nie zuvor gesehen haben.

FILMPLAKAT Marcel Ritzmann ist als Jungkoch und -unternehmer ständig auf Trab. zvg

Dokumentation "Zurück in die Küche"

– der Jungkoch bei der Arbeit und in der Freizeit
- Spieldauer: 96 Minuten - Produktion: September bis Dezember 2006
Filmkritiker Mario Cortesi über "Zurück in die Küche":

"100 Minuten für einen Jungkoch? Doch, unbedingt, denn Marcel Ritzmann hat vieles zu sagen, zu zeigen. Der Film ist geschickt und spannend gemacht, die Kamera hält nur inne, wenn Marcel Ritzmann in Grossaufnahme spricht. Sonst ist sie dauernd in Bewegung, fegt durch die Klösterli-Küche, begleitet den Porträtierten beim Einkauf, schaut auch hin, wenn sich der weisse Wirbelwind aufregt, sich eine Verschnaufpause gönnt oder den Schweiss vom Gesicht wischt. ... Während wir den Tausendsassa bei seinen Kreationen zuschauen, verspüren wir unbändige Lust auf ein "klösterliches" Mahl."

BEAT WÜTHRICH

MIT EHRGEIZ AM WERK

Unser Gastrokritiker besuchte diese Woche das Klösterli in Pieterlen. Zwei Männer teilen sich dort die Aufgaben. Beide machen ihren Job hervorragend. Die Gäste freuts

Vorweg: Marcel Ritzmann ist noch zu haben. Da der 28-Jährige aber kaum je ausgeht, muss ihm die richtige Frau über den Weg laufen. Oder in sein Restaurant Klösterli nach Pieterlen BE kommen. Dort ist er jeden Werktag anzutreffen.

Fast übersehe ich das Gebäude, in dem sich das Lokal samt Hotelzimmern befindet. Denn es erinnert eher an einen Wohnblock. Doch beim Eintreten wird mir klar, dass ich am richtigen Ort angelangt bin. In der Gaststube fallen die hellen Farben auf, vornehmlich Gelb. Das gibt dem Raum strahlende Frische. Hier werden mehrere günstige Mittagsmenüs (ab 15 Franken) und Wochenspezialitäten serviert. Abgetrennt von diesem Dorfbistro ist die «Le Restaurant» genannte gute Stube, wo grössere und teurere Menüs sowie Spezialitäten à la carte angesagt sind. Dieses Lokal wirkt ein wenig ältlich mit seinem an Oma erinnernden Wohnzimmerbuffet und den goldgelb samtbezogenen Holzstühlen. Doch gemütlich ists alleweil. ▬▬▬ ▬▬▬, 46, arbeitet als Maître d'Hôtel und ist Kompagnon von Ritzmann. Seine gleichaltrige Frau ▬▬ ist im Betrieb hauptsächlich als Gouvernante tätig, hilft über Mittag aber zusätzlich in der Gaststube mit. ▬▬▬ in Neapel geboren und Absolvent einer Hotelfachschule, arbeitete immer in Hotels und Restaurants – in England,

Österreich und in der Schweiz, zuletzt im Hotel Elite in Biel BE. Dort war er zuerst drei Jahre lang Chef de Service und von 1990 bis 2004 erster Maître d'Hôtel. Francesco Canale und Marcel Ritzmann lernten sich im Elite kennen, wo der Jüngere ab 1994 eine Kochlehre absolvierte. Nach dem Lehrabschluss zog es ihn in verschiedene renommierte Betriebe wie Le Vieux Manoir bei Murten FR und er schloss die Hotelfachschule Thun BE ab.

Seine Eltern, aus Basel ins Bernbiet zugereist, bewirtschafteten das Klösterli während zwanzig Jahren. So lange bis sie den Betrieb ihrem Sohn und dessen Bieler Kollegen übergeben wollten. Nach einer sanften Renovation eröffneten die beiden Anfang 2005 das Klösterli neu. ▬▬▬ betreut gekonnt und charmant die Gäste und macht ebenfalls den Weineinkauf. «Am liebsten ist mir der Cabernet Sauvignon», sagt er. Die Karte ist nicht sehr umfangreich; doch jedermann findet das Passende. Kommt dazu: Kein Wein überschreitet die Hundert-Franken-Grenze.

Marcel Ritzmann steht mit grossem Ehrgeiz am Herd. Er macht seinen Job gut. Vier Beispiele aus meinem selbst zusammengestellten Menü sollen dies beweisen. Als Erstes geniesse ich voller Lust hübsch angerichte, sautierte Jakobsmuscheln auf einem Morchelfrikassee (Fr. 21.50). F▬▬▬,C▬▬ serviert das zweite Gericht: Vitello tonnato (15 Franken), mit Kalbsfilet auf klassische Art zubereitet; einzig die ausgezeichnete Sauce weicht von einem gängigen «tonnato» ab. Ritzmann mixt Thunfisch, Mayonnaise, Bouillon, Oliven und Kapern. Ausserdem legt er ein paar Zwiebelringe auf die mit dieser Mischung bedeckten hauchdünnen Fleischstücke. Zum Champignon-Cappuccino (Fr. 9.50) kann ich nur eines sagen: ausprobieren

(siehe Rezept)! Herrlich zart und rosa ist die Hauptspeise (50 Franken): Tranchen von US-Rindsfilet mit weissen Spargeln. Die dazu gereichte Bärlauchmousseline schmeckt himmlisch. Eine klassische Hollandaise sei es, berichtet der Küchenchef, unter die ein Mix aus Bärlauch und Olivenöl sowie Schlagrahm gezogen wird. Uneingeschränkt zu empfehlen das Dessert, ein Dreierlei aus Birnen (Fr. 14.50): kaltes Sorbet, kühle Mousse und eine halbe in Weisswein pochierte Birne in warmer Schoggisauce. Die beiden Männer, sowohl in der

FOTOS: DANIEL RIHS

Küche als auch an der Front, beherrschen ihr Handwerk. Das muss gesagt sein.

Aber auch das: Sollte Ritzmann die richtige Frau finden, muss sie wissen, dass der Zukünftige nebst dem Kochen eine andere Leidenschaft pflegt. Er besitzt ein Dauerabo für alle Sonntagsspiele des FC Basel.

➔ **KLÖSTERLI,** Bahnhofstrasse 1
2542 Pieterlen BE. Samstagmittags
und sonntags geschlossen
Tel. 032 377 33 33

CHAMPIGNON-CAPPUCCINO

→ **Rezept für 4 Personen**

→ **Zutaten**

500 g Champignons | 25 g Butter | 3 Schalotten, fein gehackt | 5 Knoblauchzehen, klein, fein gehackt | 1 dl Pinot Gris | 7 dl Gemüsefond, kräftig, heiss | 3 dl Vollrahm | Salz und weisser Mühlenpfeffer | 2 dl Milch | Trüffelöl (beste Qualität) Essbare Blüten und farbige Pfefferkörner

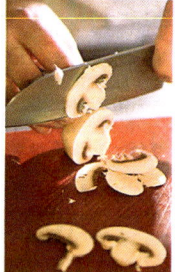

→ **ZUBEREITUNG**

Champignons kurz waschen und ca. 3 mm vom Stielende abtrennen. Pilze in Scheibchen schneiden. Butter in einem Topf erhitzen. Champignons, Schalotten und Knoblauch ca. 5 Minuten bei mittlerer Hitze unter ständigem Rühren ohne Zugabe von Flüssigkeit (wichtig, wegen Geschmacksentwicklung!) andünsten. Mit dem Wein und dem heissen Gemüsefond auffüllen. Aufkochen lassen, mit einer Kelle abschäumen. Vollrahm und eine Prise Salz beigeben. Auf kleinem Feuer und bei gelegentlichem Rühren die Suppe um ca. 3 dl reduzieren. Fein mixen und durch ein Drahtsieb passieren. Unter Rühren noch-mals aufkochen, mit Salz und Pfeffer kräftig abschmecken und in vorgewärmte Cocktailgläser oder Kaffeetassen füllen. Aufgekochte Milch mixen, bis Schaum entsteht, und mit einem Esslöffel ein Häubchen auf die Suppe setzen. Mit ein paar Tropfen Trüffelöl beträufeln. Mit Blütenblättchen und farbigen Pfefferkörnern garnieren.

→ **TIPP**

Mit Rindfleischbrühe schmeckt der Champignon-Cappuccino noch intensiver.

→ **DAS PASSENDE GETRÄNK**

Pinot Gris 2004, Steinegger, Twann BE. Frisch, jung und trocken, beeindruckt dieser Wein durch sein fruchtiges Aroma. Eine Flasche kostet im Klösterli 39 Franken

REZEPT
CHAMPIGNON-CAPPUCCINO

ENTRÉES FROIDES / KALTE VORSPEISEN

Roulade de saumon fumé farcie à la ricotta aux fines herbes
Roulade vom geräucherten Lachs gefüllt mit Ricotta und Kräutern
SFr. 18.--.

La salade mêlée fraîche de saison et ses deux sauces
Gemischter Blatt- und Gemüsesalat mit zwei Saucen
SFr. 9.50

Salade doucette à l'oeuf et lard
Feldsalat mit Ei und Speck
SFr. 9.50

POTAGES / SUPPEN

La trilogie des soupes d'hiver
Cappuccino de cêpes, bisque d'homard et consommé de faisan
Drei Degustations-Suppen: Steinpilz, Hummer und Fasanenkraftbrühe

Les soups peuvent être commander individuellement
Die Suppen servieren wir Ihnen gerne individuell
SFr. 18.--.

ENTRÉES CHAUDES / WARME VORSPEISEN

Les huîtres gratinées au sbrinz
Gratinierte Austern mit Sbrinz
3 Stück SFr. 15.--. / 6 Stück SFr. 27.--.

Risotto aux légumes du marché d'hiver et son chips de parmesan
Mascarpone-Risotto und winterliches Marktgemüse mit einem Parmesan-Chips
SFr. 17.50 / portion SFr. 25.--.

Les noix de St. Jacques sautées façon provençale
Sautierte St. Jakobsmuscheln ‚Provenzialische-Art'
SFr. 22.--. / portion SFr. 32.--.

Les escalopes de foie de canard poêlées à l'orange
Schnitzel von Entenleber an Orangensauce
SFr. 22.--. / portion SFr. 32.--.

POISSONS ET CRUSTACÉS /
FISCH- UND KRUSTENTIERGERICHTE

Duo de sandre et perches meunière aux amandes
Duo von Zander und Eglifilets 'nach Art der Müllerin' mit Mandeln
SFr. 38.--.

Les filets de sole et crevettes géantes aux deux sauces
Seezungenfilets und Riesengarnelen an zwei raffinierten Saucen

SFr. 45.--.

Blanc de turbot grillé à la bisque d'homard et fine champagne
Grilliertes Steinbuttfilet an Hummerschaum und Cognac
SFr. 50.--.

VIANDES / FLEISCHGERICHTE

L'entrecôte d'agneau en aiguillettes rôti à la provençale
Feine Lammrückenfiletstreifen 'provenzialische-Art'
SFr. 38.--.

Steak de veau grillé habiller de jambon serrano
Grilliertes Kalbsteak im geräucherten Serranoschinken-Mantel
SFr. 45.--.

Le tournedos de boeuf d'amerique aux morilles
US – Rindsfilet mit Morcheln
SFr. 50.--.

LES TRADITIONS À PARTIR DE DEUX PERSONNES
KLASSIKER AB ZWEI PERSONEN

La selle de chevreuil 'façon Klösterli'
Rehrücken 'Klösterli' mit reichhaltiger Herbstgarnitur
SFr. 60.--. pro Person

Chateaubriand à la sauce Béarnaise et sa garniture riche d'hiver
Chateaubriand an Bearner Sauce und Marktgemüse
SFr. 55.--. pro Person

Le grand plat de la mer sauce Newburg et petits légumes glacées
Grosse Meer-Platte an Hummersauce und Marktgemüse
SFr. 60.--. pro Person

LA CHASSE / WILDSPEZIALITÄTEN

Civet de cerf 'Ruedi'
Hirschpfeffer 'Ruedi'
SFr. 29.50

Le 'Cordon-Bleu' de sanglier au Gruyère corsé
'Cordon-bleu' vom Wildschwein-Entrecôte mit rezentem Greyerzer
SFr. 38.--.

L'émince de chevreuil aux chanterelles
Geschnetzeltes Rehfleisch mit Pfifferlingen
SFr. 38.--.

Filet de lièvre pôelé au Calvados et sa garnitur riche automnal
Poeliertes Wildhasenfilet mit Calvados - reichhaltige Herbstgarnitur
SFr. 45.--.

Filet de cerf pôelé au Calvados et sa garniture riche automnal
Poeliertes Hirschfilet mit Calvados - reichhaltige Herbstgarnitur
SFr. 45.--.

Les escalopes de chevreuil 'Mirza'
Rehschnitzel 'Mirza' Birnen- und Apfelhälfte gefüllt mit Preiselbeeren
SFr. 50.--.

Touts les plats de gibier sont servi avec spätzli maison et légumes du marché
Alle Wildgerichte servieren wir Ihnen gerne mit hausgemachten Spätzli und Saison-Gemüse

Provenance de nos viandes et poissons / Herkunft unseres Fleisches und Fische
Volaille: Suisse - Boeuf: USA
Foie gras: France - Veau: Suisse
Agneau: New Zealand - Porc: Suisse - Gibier: Autriche

Perches: Suisse - Sandre: Suisse - Saumon: Norvége
St.Jacques: USA - Crevettes géantes: Indie - Rouget: Thailande
Soles: France - Dorade: élevage - Turbot: élevage - Langouste: Norvége

Prix inclus TVA / Preise inkl. Mehrwertsteuer

Gault Millau 2009 - Aufsteiger in der Region Biel-Seeland

„Fast sah es so aus, als ob Marcel Ritzmann das Handtuch werfen würde. Der dreissigjährige Küchenchef hatte gesundheitliche Probleme, und man war sich über den einzuschlagenden Kurs nicht ganz einig. Die Entscheidung fiel zur Flucht nach vorn. Das kulinarische Konzept wurde Richtung raffinierte Haute Cuisine <<upgegradet>>, die sterile Stube zum gemütlichen Gourmetstübli umgebaut und neu möbiliert. Die konservative alte Menükarte mit den vielen saucenlastigen Klassikern gibt es nur noch im preiswerten Tagesrestaurant. Unser Menu surprise stand stellvertretend für den <<Küchenputsch>>. Der zarten gebratenen Entenleber an Orangenschnitten folgte eine kunstvoll zubereitete Lachs-Ricotta-Roulade. Eher klassisch aber nicht minder gut dann die drei Degustationssuppen (Hummer, Bärlauch und Trüffel-Champignon). Delikat und hocharomatisch präsentierte sich der Langustenschwanz à la provençale. Den klaren Höhepunkt setzte Ritzmann mit dem Duo vom Rinds- und Schweinsfilet, das mit Morcheln und einem sämigen Risotto serviert wurde. Ein echtes Gourmetlokal hatte die <<Zukunftsregion Biel>> schon lange nötig. Wir belohnen deshalb den Mut des <<Klösterli>>-Patron mit einer höheren Benotung."

Keine Konkurrenz aus Biel

Das «Worbenbad» und das **«Klösterli»** in Pieterlen sind die regionalen Gewinner im neuen Schweizer Gastroführer. Schlecht weg kommt die Stadt Biel.

bs. «Ein guter Koch ist, wer mit Freude und Liebe kocht», sagt Marcel Ritzmann. Der Küchenchef des Pieterler Klösterlis ist gerade mal 30 Jahre alt. Im Gault Millau 2009 ist er mit 14 Punkten der Aufsteiger der Region. Ein Küchenchef mit Renommee ist für George Sardi vom Hotel Worbenbad Garantie für die Aufnahme in die Gourmetbibel. So waltet in Worben Bocuse d'Or-Teilnehmer Dominic Bucher. Das

Die Aufsteiger: ▬▬▬ ▬▬ ▬▬Marcel Ritzmann vom «Klösterli» Pieterlen (v.l.).
Bild: Olivier Gresset

«Worbenbad» ist erstmals mit 13 Punkten im Gourmetführer aufgeführt.

Der Aufschwung rings um Biel macht vor der Stadt halt: Nur das

«Opera Prima» ist mit 13 Punkten aufgeführt. Das «Elite» hat laut Direktor Peter Hugi «um Pause gebeten», da das ganze nächste Jahr die Küche umgebaut wird.

Daniel Lauper vom «Palace» muss weiterhin auf einen Gault-Millau-Eintrag warten. «Die Tester waren nicht bei uns, sonst wären wir sicher drin», sinniert er. Für Lauper ist der Gault Millau nach wie vor das Standardwerk. Er hofft auf nächstes Jahr und er geht davon aus, dass mit dem neu eröffneten «Toni's» an der Kanalgasse ein neuer Konkurrent mitmischt. Konkurrenz würde auch dem «Opera Prima» gut tun, wie der Gault Millau durchblicken lässt: Das Opera Prima «bleibt das einzige Lokal in Biel mit Gourmetniveau. Das ist für die selbsternannte Zukunftsstadt eindeutig zu wenig und treibt Padrone Tino Lardo leider auch zu keinen Spitzenleistungen.»

SCHWEIZ **SEITE 3**
SEELAND **SEITE 15**

LES SURPRISES / ÜBERRASCHUNGS-MENUES

1 entrée, 1 plat et le dessert
1 Vorspeise, 1 Hauptgang und die Süss-Speise
SFr. 62.--.

2 entrées, 1 plat et le dessert
2 Vorspeisen, 1 Hauptgang und die Süss-Speise
SFr. 75.--.

3 entrées, 1 plat et le dessert
3 Vorspeisen, 1 Hauptgang und die Süss-Speise
SFr. 85.--.

Prix inclus TVA / Preise inkl. Mehrwertsteuer

Guide-Bleu 2009

„Spezielles Gourmetstübli mit französischer Küche. Marcel Ritzmann brilliert mit selbst ertüftelten Spezialitäten, die er mit viel Fingerspitzengefühl zubereitet. Das professionelle Engagement und die dezente Aufmerksamkeit der Crew begeistern."

Guide-Michelin 2009

„Das im Zentrum gelegene Haus beherbergt eine kleine A-la-carte-Stube im traditionellem Stil. An gut eingedeckten Tischen serviert man zeitgemässe Küche."

Guide-Bleu 2008

„Die Kochkunst des jungen Ritzmann belohnt die Fahrt nach Pieterlen. Er kombiniert geschickt und zukunftsorientiert Tradition mit Innovation. Zuvorkommender Service. Weinkarte mit gutem Preis-Angebots-Verhältnis."

Gault Millau 2008

„Marcel Ritzmann fehlt es nicht an Selbstbewusstsein. Das zeigt sich etwa in der Tatsache, dass Junggastronom Ritzmann im Mittelpunkt eines 100 Minuten langen Videofilms mit dem Titel <Zurück in die Küche> steht. Kritiker nannten die Dokumentation, die vorab für Marketingzwecke eingesetzt wird, immerhin als ‚sehr sehenswert'. Bemerkenswertes bietet der Neunundzwanzigjährige auch im kulinarischen Alltag, obwohl er – wohl aus Rücksicht auf die eher konservativen Gästen keine Risiken eingeht und etwas an Raffinesse vermissen lässt. Dennoch waren wir mit der soliden Leistung zufrieden: Die gebratene Entenleber war zart, die Hummersuppe gut abgeschmeckt, und die Rindsfiletstreifen entsprachen in der Schärfe genau der Bestellung. Am meisten überzeugte die Seezunge mit Crevetten. Den Einsatz von frischen Kräutern scheint Ritzmann jedoch weiterhin zu scheuen. Ganz stark ist er hingegen bei den Desserts. Übrigens: Wer es etwas bescheidener mag, ist im <Dorf-Bistro> gut aufgehoben. Hier werden die traditionellen Egli und Felchen im Tellerservice angeboten; sehr empfehlenswert ist auch das in der ganzen Region bekannte Cordon-bleu."

PHOTO PETER SAMUEL JÄGGI

Marcel Ritzmann,
27, schwingt die Kochkelle virtuos. Dieser Meinung sind auch die Experten des neusten GaultMillau. Sie beehrten das Restaurant Klösterli in Pieterlen mit 13 Punkten. Dies, nachdem der Junior den Betrieb eben erst vom Vater übernommen hatte. «Grossen Anteil am Erfolg hat mein Partner, der Chef de Service ███████ ██████.» Kochen ist Ritzmanns Passion. «Schon als Schüler stand ich in meiner Freizeit am Herd.» Er pflegt den klassischen Kochstil, «schweizerisch-französisch mit leicht mediterranem Einschlag.» Spezialität des Hauses ist Châteaubriand – mit US-Rindsfilet und Sauce Béarnaise. Neben der Kocherei bleibt dem Bürger von Basel-Stadt nicht viel Zeit. «Für Spiele des FCB fahre ich aber regelmässig ans Rhein-knie.» Die nächsten Ziele? «In fünf Jahren ein Stern im Guide Michelin und Vater sein.»
HUA

Marcel Ritzmann,
27 ans, est un virtuose aux fourneaux. C'est du moins l'avis des experts du GaultMillau. Dans sa dernière édition, le guide des gastronomes attribue 13 points au restaurant Klösterli, à Perles. Et ceci alors que le chef vient à peine de prendre la succession de son père. «Une grande part de ce succès revient à mon partenaire, ███████ ███, qui dirige le service.» La cuisine est la passion de Marcel Ritzmann. «Ecolier, j'étais déjà volontiers aux fourneaux.» Il privilégie une cuisine classique, «franco-suisse avec une touche méditerranéenne». La spécialité de la maison reste le chateaubriand à la béarnaise. La cuisine mange presque tout le temps de ce Bâlois d'origine. «Je gagne régulièrement les rives du Rhin pour suivre les matches du FCB.» Ses prochains objectifs? «Une étoile au Michelin dans cinq ans et devenir papa.»
HUA

Das Zeitgefühl im Bauch. Das Hotel-Restaurant Klösterli in Pieterlen liegt im Epizentrum der Schweizer Uhrenindustrie. Die Umgebung färbt auch auf Küchenchef und Besitzer Marcel Ritzmann ab.

Nicht nur am Herd gefragt

Pieterlen Weiterer Auftritt für Marcel Ritzmann vom «Klösterli»

«Guide-bleu» ist, kaum hat Marcel Ritzmann das Zepter in der Küche des Traditionshauses in Pieterlen übernommen, schon vor zwei Jahren auf die Kochkünste des talentierten Jungkochs aufmerksam geworden. In der jüngsten Ausgabe des Gastroführers ist das «Klösterli» als ausgezeichnetes Restaurant mit einem guten Ambiente mit drei «Kochhüten» und 69/20 Punkten bewertet. Nun kommt dem engagierten Gastronomen eine weitere Ehre zuteil. Im nächsten Monat versammelt sich die Testredaktion von «Guide-bleu» zu einem Meeting in Luzern – und Ritzmann ist dazu ebenfalls eingeladen. Nicht um die Gastrokritiker zu bekochen, sondern um ihnen sein 100-minütiges Video «Zurück in die Küche» (wir berichteten) zu präsentieren.

«Ich erhoffe mir von diesem Tag nichts Grossartiges und schon gar keine Vorteile. Aber Präsenz zeigen gehört auch zu meinen Aufgaben als Unternehmer.» Marcel Ritzmann bleibt auf dem Boden der Realität. «Die zwei Jahre, in denen ich nun zusammen mit meinem Geschäftspartner F▬ ▬ ▬ das ‹Klösterli› in zweiter Generation führe, haben uns beide sehr gefordert. Die Aufbauphase war knallhart.» Jetzt hätte sich aber eine gewisse Routine eingestellt, und «ich kann zwischendurch auch wieder die andere Seite des Lebens geniessen.» Von Zurücklehnen will Ritzmann aber nichts wissen. Zu sehr liebt er seinen Beruf: «Kochen ist meine Passion.» Und die beruflichen Ambitionen sind sehr hoch.

Mit einer gewissen Ungeduld, die er seinem jugendlichen Alter – er wird im nächsten Jahr 30 – zuschreibt, blickt er vorerst in die unmittelbare Zukunft. «Schon bald ist unser erster Pachtvertrag erfüllt, und eine Verlängerung ist allen klar. Jetzt überlegen wir schon intensiv, was wir unseren Gästen zum 25-Jahr-Betriebsjubiläum (20 Jahre

LEIDENSCHAFT Wenns so richtig aus den Töpfen dampft, fühlt sich Marcel Ritzmann im Element. JÜRG AMSLER

Sophie und Rudolf Ritzmann, 5 Jahre Marcel Ritzmann und ▬▬▬▬) an kulinarischen Höhepunkten auftischen wollen.» Dass der Gilde-Koch alle Register seines Könnens ziehen wird, ist so gewiss wie das Salz in der Suppe. (SL)

Der ehemalige Geschäftspartner

Anfang der 90er-Jahre habe ich im (ehemals renommierten) „Hotel Beausite" eine Lehre als Koch absolviert. Zu dieser Zeit war mein Ex-Kompagnon bereits als „Maître d'hôtel" dort tätig.

Dieser Typ ist nach dem Zweiten Weltkrieg in einer italienischen Großstadt mit zwei Brüdern und seiner Mutter als Taschendieb aufgewachsen (seinen Vater hat er angeblich nie gekannt). Irgendwann Mitte der 80er-Jahre hat er in einem Ferienort im Berner Oberland als Saisonier/Tellertaxi angefangen und dort seine portugiesische Frau kennengelernt (sie war damals als Raumpflegerin tätig).

Danach landeten beide Turteltauben in diesem „Hotel Beausite" in einer mittelgroßen Stadt in der Schweiz. Der damalige Hoteldirektor war ein sehr warmherziger und großzügiger Mensch. So kam es, dass dieses Ehepaar in der Hierarchie während knapp zwanzig Jahren das Treppchen bis hin zum „Maître d'hôtel" bzw. zur „Chef-Gouvernante"" aufgestiegen ist, nicht ohne dem Hoteldirektor den Allerwertesten zu lecken.

Herr W. C. kannte mich bereits als Kochlehrling Anfang der 90er-Jahre. Nach der Lehre absolvierte ich im Herbst 1997 die Rekrutenschule und hatte durch einen mehrwöchigen Drogenmissbrauch während der gesamten RS danach größere psychische Probleme. Nach dem Militär absolvierte ich sämtliche Praktika der Hotelfachschule im „Hotel Beausite" in BNC. Während des Service-Praktikums als Kellner war Herr W. C. mein direkter Vorgesetzter. Er wusste über meine Drogen- und Alkoholprobleme Bescheid, denn manchmal degustierte ich schon frühmorgens den Likör-Wagen, und das während des Frühdienstes morgens um sechs!

Während meiner Ausbildung als Koch – sowie auch während der Praktika der Hotelfachschule – hatte ich mit diesen Leuten absolut keine Probleme. Im Gegenteil; sie waren so gute Schauspieler, dass ich als naiver Junggeselle fast Sympathie für sie empfand. 2003 kam es in diesem Hotel dann zu einem Direktionswechsel. Als Erstes entließ der neue Besitzer den gesamten Kader. „Monsieur" und „la Grande Madame" standen somit ab sofort auf der Straße und waren arbeitslos. Ich war während dieser Zeit als Koch in renommierten Hotels in der Schweiz tätig und erhoffte mir eine tolle Karriere als Küchenchef, eine eigene Familie und vor allem eine stabile Gesundheit. Der Ex-Kompagnon hatte sich inzwischen einen Chef-Posten in einer Pizzeria direkt am See einer französischsprachigen Stadt in der Romandie erschlichen. Das war ein richtiger Schwarzgeldladen. Nicht einmal die Sozialleistungen für die Mitarbeiter/-innen wurden abgerechnet. „La Grande Madame" lebte als Notlösung vorübergehend von der Arbeitslosenversicherung oder konnte sich auf Umwegen noch Krankentagegelder ergaunern.

Meine Saisonstelle als gelernter Koch inkl. Hotelfachschule HF war beendet. Ich orientierte mich in Richtung einer neuen beruflichen Herausforderung. Als Zeitvertreib fuhr ich zwischendurch mit meiner damaligen Lebenspartnerin in dieses See-Restaurant zum Pizzaessen. Das mit dem Direktionswechsel im ehemaligen Lehrbetrieb hatte ich selbstverständlich erfahren. Herr W. C. bemühte sich sehr, den Kontakt mit mir zu intensivieren. Somit entstand eine vorgespielte Freundschaft, obwohl ich eigentlich nur der ehemalige Lehrling war. Es ging ihm während dieser Zeit sehr schlecht, er war abgemagert und zitterte am ganzen Körper. Physisch wie psychisch war er komplett fix und fertig.

Somit nahm die Tragödie ihren Anfang. Er strich mir so viel Honig um den Bart wie überhaupt möglich ist, jammerte und überredete mich schlussendlich dazu, mit ihm zusammen im Hotel-Restaurant meiner Eltern selbstständige Unternehmer zu werden. Meine Eltern hätten den Betrieb ohne mich nie in fremde Hände gegeben. Deshalb brauchte er mich, um sich wie ein Parasit mitsamt seiner Gattin inklusive Anhang in mein Hotel-Restaurant einzuschleusen. Zu diesem Zeitpunkt wohnte er noch in einer Mietwohnung. Rein per Zufall kündigte er diese kurz nach der Betriebsübernahme und kaufte in BNC eine Eigentumswohnung.

Meine damalige Freundin war leider nicht im Gastgewerbe tätig. Sie engagierte sich aber nebst ihrer Berufstätigkeit ehrenamtlich und aus Liebe enorm bei der Neueröffnung. Die Renovierungen und Neuanschaffungen finanzierten meine Eltern. Der neue Patron und seine Dame waren meistens abwesend. Sie ließen uns fleißig vorarbeiten mit der Ausrede, dass ich ja alles bestens unter Kontrolle habe und sie den Betrieb sowieso nicht kennen würden.

Anfang Januar 2005 war es dann so weit. Das Hotel-Restaurant wurde neu eröffnet – und bedeutete somit das Ende einer langen Familientradition. Die ersten paar Jahre empfand ich sogar noch so etwas wie Freude, höchstwahrscheinlich auch wegen meines Erfolges, den ich mit meinem Talent als Koch und Wirt erreicht hatte.

Ich ignorierte die krummen Geschäfte meines Geschäftspartners, obwohl vor allem mein geliebter, inzwischen verstorbener Vater mich immer wieder darauf hingewiesen hat, besser aufzupassen. Ich war völlig darauf fixiert, den Level meiner Küche fortlaufend zu verbessern; somit wurde logischerweise auch der Umsatz massiv gesteigert. Sehr viele Investitionen tätigte ich von meinem eigenen Lohn. Zum Beispiel kaufte ich eine einzigartige, wunderschöne Tellersammlung oder in Form stundenlanger Arbeit mit einem Kumpel, der mir dabei half, eine Website zu gestalten; des Weiteren baute ich mit eigenen Händen und Freunden meines Vaters den Parkplatz um und so weiter und so fort.

Der Herr in Hemd und Krawatte kümmerte sich selbstverständlich höchstpersönlich prinzipiell mit einer gewissen Geilheit hauptsächlich um das Finanzwesen und den Taschenrechner. Auf die Hotelzimmer und den Gourmet-Bereich war er besonders scharf und fixiert. In diesem Bereich des Unternehmens konnte er am meisten sauberes Geld generieren. Seine Freunde kamen zum Teil großkotzig mit gestohlenen Kreditkarten zum Dinieren, kriminellen Kollegen gewährte er als „Hotelgäste" regelmäßig (selbstverständlich nur gegen Bezahlung) einen Unterschlupf und so weiter und so fort. Die Liste ist unendlich lang… Während des Beerdigungsessens amüsierte sich mein ehemaliger Kompagnon schon fast. Bereits am darauffolgenden Tag nahm er die Zeitung zur Hand und studierte mit einem zynischen Grinsen im Gesicht die Todesanzeigen zwecks Budget-Planung. Zur Erläuterung: In den Todesanzeigen steht immer, in welcher Gemeinde bzw. in welchem Dorf die verstorbenen Personen beerdigt werden. Er machte sein „Hauptgeschäft" mit Beerdigungsessen – eigentlich ein sehr trauriges Geschäftsmodell. Doch das ist eine Ansichtssache. Mir persönlich sind zwei bis drei Todesfälle in meinem nahen Familienumfeld sehr nahe gegangen. Diese raubten mir neben dem enormen beruflichen Druck, den ich nach meiner zweiten Rücken-OP hatte, nahezu den Verstand.

Am Tag der Beerdigung einer damaligen Freundin fuhr ich nach der Abdankung völlig am Boden zerstört zurück in die Küche. Wir hatten an diesem Tag sehr viel Arbeit. Als ich an jenem Tag einen Nervenzusammenbruch erlitt und einfach nicht mehr weiterkonnte, forderte Herr W. C. kurze Zeit später völlig amüsiert sämtliche Mitarbeiter/-innen auf (inklusive derjenigen, denen er Geld geliehen hatte), nicht mehr wie gewohnt zur Arbeit zu erscheinen. Der Betrieb sei vorübergehend geschlossen. Die Polizei fuhr vor und warf mich kurzerhand aus der eigenen Wohnung und dem eigenem Haus. Herr W. C. verriegelte sämtliche Restauranttüren inkl. Lift (wohl aus Angst, dass ich mein eigenes „Hab und Gut" mitnehmen könnte). Er erschien kurz in meiner Wohnung, lachte mich aus und furzte dermaßen ekelerregend, wobei sein Furz dermaßen stank, dass ich diesen Geruch nie in meinem Leben vergessen werde (nur die Pest kann wohl noch schlimmer stinken). Ich war voller Kummer und Schmerzen, per sofort arbeitslos und obdachlos.

Die Kontaktaufnahme mit dem Balkan-Clan, der meinem Vater die Liegenschaft abgekauft hatte, sodass Herr W. C. dann mit diesen Leuten den Betrieb würde weiterführen können, war eine sehr gut organisierte, raffinierte und abgekartete Sache. Herr W. C. war angeblich auch unter seinen italienischen Kollegen als Person bekannt, die ein geschicktes Mundwerk und eine fette Brieftasche hat und ihre Angelegenheiten üblicherweise wie ein klassischer Mafiosi erledigt.

Um das Mobbing und den Komplott gegen mich und meinen Vater noch zu verstärken, lieh er verschiedenen Mitarbeiter/-innen, die finanzielle Probleme hatten, Geld, wie eine kleine Privatbank, und hatte damit ein Druckmittel, diese Leute zusätzlich gegen uns aufzuhetzen. Die ersten 4 bis 5 Jahre brauchte er mein Wirtepatent (und hat mich mit voller Absicht „verheizt"), danach missbrauchte er das Patent meines Vaters (als Bestechungsgeld legte er meinen Eltern den 50%igen Stammkapitalanteil meiner GmbH in bar/cash auf den Schreibtisch). Schlussendlich erhielt Herr W. C. das Wirtepatent aufgrund angeblich „langjähriger Berufserfahrung" vom aktuellen Regierungsstatthalter geschenkt (unglaublich, aber wahr!). Obwohl mein Vater noch Hausbesitzer der Liegenschaft war, wurde ihm aus nicht bekannten Gründen Hausverbot erteilt. Er war zu dieser Zeit noch offiziell der Besitzer und Patentinhaber, weil der Ex-Kompagnon als einfacher Kellner weder ein Wirtepatent noch einen Fähigkeitsausweis hatte!

Danach war der Deal mit den Balkan-Komplizen für meinen ehemaligen Geschäfts-partner eine einfache Sache. Zuerst brauchte man den Junior, um sich wie eine Zecke und ein Parasit im elterlichen Betrieb breitzumachen. Als mir alles zu viel wurde und der Ex-Kompagnon meine Eltern mit ca. sFr. 30'000.– bestochen hatte (Ablösesumme meines ehemaligen Stammkapitals in der eigenen GmbH), wurde in der Folge mein Vater schikaniert und ausgenommen. Ich bin davon überzeugt, dass mein ehemaliger Geschäftspartner bereits einige Zeit im Voraus einen Pakt mit den zukünftigen Besitzern vereinbart hatte.

Komischerweise wurden danach die Service- und Unterhaltskosten des Hotel-Restaurants massiv vernachlässigt. Die Liegenschaft ähnelte vor dem Verkauf einer Ruine oder einem heruntergekommenen Heim für Asylsuchende. Danach schnappte die Mafia-Falle zu. Den Betrieb hatte er absichtlich knapp bis zum Konkurs heruntergewirtschaftet. Somit pflückte der ehemalige Geschäftspartner die Lorbeeren und konnte sich vor den neuen Besitzern als Patron profilieren und als Held feiern lassen.

Heuchler und Ganoven

Mann, der Düppenpflugger, der „Kölsche Junge mit dem krassen Mundgeruch", ist und bleibt unter meinen persönlichen „Top 10" einer der größten Zechpreller, Heuchler und Ganoven und ist auf der Rangliste ganz weit oben anzutreffen. Wie aus heiterem Himmel tauchte er auf einmal im Speisesaal meiner ehemaligen Kneipe auf. Er erzählte mir, wen er alles an „Star-Köchen" persönlich kenne und er habe tatsächlich ein Buch geschrieben. Mannomann, war ich naiv, dem Penner auf den Leim zu gehen! Doch irgendwie sollte dieser Ganove wohl in meinen verrückten Lebensabschnitt gehören. Während meiner erfolgreichen Zeit (im Nachhinein betrachtet war es ein großer Misserfolg, denn Erfolg ist ja bekanntlich nicht alles im Leben) als Geschäftsmann, Koch und Unternehmer zog ich diese Art von Menschen an, wie Pferdeäpfel die Mistfliegen. Wo immer ich auch hinging, überall wurde mir der rote Teppich ausgerollt, die Leute waren geradezu überfreundlich.

<u>Regnerische Sonntage</u> (Erlebnisse im Hotel)

Es war ein verregneter Sonntagnachmittag. Ich lag nach der Arbeit völlig k. o. im Halbschlaf auf der Couch vor dem Fernseher. Auf einmal hörte ich ein lautes Schreien und klirrendes Geschirr. Zuerst dachte ich, es sei der Fernseher, doch dann drehte ich das TV leiser, stand auf und folgte den Flur entlang dem Krach nach, bis ich vor einem der Hotelzimmer stand. Ich trat ein und sah, wie sich ein junges „Liebespaar" vermöbelte. Beide waren voller Kratzer und Schnitte. Mademoiselle hatte ihrem Casanova anscheinend den Wandspiegel auf dem Kopf zerschlagen. Ohne lange zu diskutieren, nahm ich kurzerhand sämtliche Koffer, trug diese zum Ausgang und warf beide aus dem Haus.

An einem anderen verregneten Sonntagnachmittag traf ich auf dem Parkplatz plötzlich auf eine Gruppe randalierender jurassischer Separatisten, auch als „Béliers" bekannt. Im Nachbardorf hatten sie aus Protest ein Denkmal vor dem Gemeindehaus demontiert und dieses auf ihren Traktor geladen. Nun wollten sie wohl in meiner Kneipe eine Bier- und Pinkelpause einlegen. Nach einer kurzen Diskussion mit einem der Rädelsführer stellte ich ihnen zwei, drei Kästen Bier auf den Anhänger des Traktors und wünschte ihnen einen schönen Sonntag. Daraufhin zogen sie Leine und fuhren friedlich weiter. Nach dem Motto: „Zu Gast bei Freunden". Denn ich hatte absolut keinen Bock auf Ärger. Der Sonntag ist mein Ruhetag.

Rückenprobleme

Ich war gerade in der Garderobe, um mich umzuziehen. Nur ein übliches Niesen haute mir eine bis zwei Bandscheiben raus. Die Arbeitskollegen luden mich in ein Auto und begleiteten mich ins Spital. In den nächsten zwei bis drei Monaten musste ich mich an einen Rollstuhl gewöhnen. Nix ging mehr: Der Rücken, die Wirbelsäule, die Beine bis hinunter zu den Zehen – alles wie blockiert. Teilweise gelähmt mit starken Schmerzen und einer Thrombose an den Oberschenkeln setzte ich mir das Ziel, mir die Statue vom Hausberg in Rio als Tattoo auf den Rücken zeichnen zu lassen. Viele Menschen in den Armenvierteln von Rio haben nichts anderes als diese Statue auf dem Hausberg. Diese spendet ihnen in einem sehr schwierigen und harten Leben Kraft und Hoffnung. In meiner Verzweiflung im Rollstuhl wusste ich damals nicht, ob ich je wieder würde gehen können. Als die Operation geglückt ist, war das für mich persönlich wie ein kleines Wunder. Deshalb entschloss ich mich, mir die Statue auf den Rücken stechen zu lassen. Dieses Tattoo soll mich beschützen und das Böse von mir fernhalten. Die zweite Rückenoperation folgte nur fünf Jahre später.

Der erste Herzinfarkt mit Nahtoderlebnis

Ich saß mit einer ehemaligen „Herzdame" gemütlich vor dem TV im vierten Stock einer Mietwohnung in der Altstadt von BNC. Auf einmal begann mein Herz zu schmerzen, als würde es mir jemand am lebendigen Leib herausreißen. Die Sirenen gingen. Die Tragbahre kam in den vierten Stock hoch (im Aufzug hatten meine zwei Meter keinen Platz). Als während des klinischen Todes am Horizont eine Wolke in allen Farben in Form einer Hand auf mich zukam (der Puls lag bereits auf 0), fand ich mich irgendwie und aus irgendeinem Grund mit vielen „bunten Smarties" und einigen Schläuchen auf der Intensivstation unter den Lebenden wieder.

Der zweite Herzinfarkt

Beim zweiten Infarkt hatte ich das Glück, eine Wohnung im Erdgeschoss zu haben. Die Sanitäter konnten mich mit der Tragbahre direkt vom Garten aus in die Ambulanz hineintragen und ab ins Spital fahren, um weitere Stents (= ähnlich wie Bypässe) zu implantieren.

Man kann sich das so vorstellen: Nach jedem Herzinfarkt (falls man ihn überlebt) wird das Herz etwas kleiner, da es hauptsächlich aus Muskeln besteht. Somit stirbt nach jedem Infarkt Muskelgewebe und das Herz schrumpft.

Der dritte Herzinfarkt

Der dritte Herzinfarkt war ein Warnschuss. Intensiv spürbare Schmerzen wie bei einem Infarkt sind in der Fachsprache auch als Angina Pectoris bekannt. Kurz zusammengefasst: Es ist ein kleines Wunder, dass ich überhaupt noch am Leben bin. Mehrere Herzinfarkte; Unfälle, sei es mit dem Auto, mit dem Motorrad oder mit dem Fahrrad; mehrere bewaffnete Auseinandersetzungen.

Die letzten Atemzüge

Dem Tod nach einem ersten Herzinfarkt persönlich ins Auge zu sehen, ist eine Sache, doch jemanden, mit dem man eng verbunden ist, ins ewige Paradies zu begleiten, bis zum allerletzten Atemzug, ist etwas komplett anderes.

Weihnachten stand wieder einmal vor der Tür. Ich befand mich in meiner Sozialwohnung und war völlig am Ende. Ich weinte unaufhörlich in meinem Elend und war kurz vor einem Nervenzusammenbruch. Mein Vater rief mich mehrmals per Telefon an. Es war sein Wunsch, dass wir gemeinsam feiern mögen. Ich musste absagen. Er konnte es nicht länger ertragen, wie schlecht es seinem älteren Sohn ging. Wir waren gebrochene Männer, alle beide. Zwei Tage später starb er. Schuldgefühle plagen mich seither jeden einzelnen Tag. *Hätte, wäre, könnte, müsste … dann wäre dies oder jenes anders verlaufen …*

Mein Bruder und ich hatten unseren Vater noch einen Tag vor seinem Tod im Spital besucht, wo dieser dann 24 Stunden späten seinem akuten Blutkrebs erlag und für immer Tschüss sagte.

„Willkommen in der Bananenrepublik"

Autor der Redaktion bekannt

Ein verurteilter kongolesischer Straftäter, nennen wir ihn Saim B.*, wird wegen Einbruchs und Diebstahls angezeigt und vor den Richter geladen. Der Geschädigte* ist ebenfalls bei der Verhandlung anwesend.

Der Richter weist den Geschädigten darauf hin, dass Saim B. dermassen viele Delikte begangen habe, dass es unter bestimmten schriftlichen Vereinbarungen sinnvoller wäre, die Anzeige zurückzuziehen. Ein offener Geldbetrag des Angeklagten an das Opfer könne im Auftrag von der Behörde überwacht und kontrolliert in Raten abbezahlt werden.
Der Geschädigte geht auf diesen Kompromiss ein, da er sich vor einem offiziellen Gericht einer mittelgrossen Schweizer Stadt befindet und – so geht er davon aus – Abmachungen garantiert eingehalten würden. So will es schliesslich die Gesetzgebung.

Saim B. lacht sich daraufhin ins Fäustchen und verstösst bewusst gegen sämtliche Abmachungen – sich wohl dabei denkend, in der Schweiz laufe es ähnlich lasch wie in Afrika. Da er mit einer Schweizerin ein gemeinsames Kind hat, scheint ihn die Gewissheit zu beruhigen, auf keinen Fall ausgeschafft zu werden – egal, was er alles verbrochen hat.

Unglaublich, aber wahr: Tatsächlich muss Saim B. mit keiner Strafe oder anderen Konsequenzen rechnen – obwohl er sich nicht an die vom Richter unterschriebenen Vereinbarungen gehalten hat. Sein zuständiger Sozialhilfe-Betreuer will von nichts gewusst haben. Und da er anscheinend sowieso schon zu viel arbeitet, kann er sich offensichtlich nicht noch um solche «Kleinigkeiten» kümmern.

Wenn jetzt also ein Durchschnittsbürger wegen eines Bagatell-Delikts eine Busse erhält, ist es doch nichts anderes als logisch und legitim, dass er sich mit dem Strafzettel unter gewissen Umständen den Allerwertesten abwischen darf. Die Unterschrift von «Frau Justitia» ist heute, im Zeitalter der Anarchie, offenbar bedeutungslos geworden.

Die Moral von der Geschichte: keine. Denn wir befinden uns ja in der Bananenrepublik einer mittelgrossen Schweizer Stadt.

S.

* der Redaktion bekannt

Bei diesen Schilderungen handelt es sich um einen wahren Sachverhalt, die Dokumente liegen der „Zeitschrift" vor. Der Autor ist der Redaktion bekannt.

Küchenchef hat ausgekocht

Marcel Ritzmann, Küchenchef des «**Klösterli**» in Pieterlen, hat die Koffer gepackt, die Wohnung geräumt und den Kochlöffel weggelegt.

bs. 25 Jahre Familie Ritzmann im «Klösterli» Pieterlen hätte nächstes Jahr zusammen gefeiert werden sollen. Gefeiert wird das Jubiläum wohl trotzdem, aber ohne Junior. Bei den Vorbereitungen zeigte sich, was sich schon länger anbahnte: Marcel Ritzmann war sich mit Compagnon ███████ ███ und seinen Eltern nicht mehr einig. Als Generationen-konflikt bezeichnet er den Zwist, an dessen Ende er seine Sachen packte.

Im elterlichen Hotel und Restaurant, das er 2005 zusammen mit ███████ ████ übernommen hatte, war es ihm zu eng geworden. Statt Ideen verwirklichen zu können, musste er sich krankrackern. Jetzt ist er auf dem Weg in die Ferien. Eine Rückkehr irgend einmal später schliesst er aber nicht aus.

Unterdessen sucht ████████ ███████ einen Küchenchef, der auch die Erfahrung und Befähigung hat, die beiden Lehrlinge weiterauszubilden. Zwischenzeitlich springt Vater Rudolf Ritzmann als Küchenchef ein, der das Restaurant während zwanzig Jahren geführt hat.

Das Restaurant ist offen wie immer, sagt ██████. Für die Gäste soll sich nichts ändern, auch wenn ohne Marcel Ritzmann die 14 Gault-Millau-Punkte, die das «Klösterli» letzten Herbst erstmals erhalten hatte, ausgesetzt werden. Der Regierungsstatthalter wird dem Nachfolger, vorerst wohl Rudolf Ritzmann, die Befähigung zur Führung des Betriebs erteilen, und Ritzmann senior wird mit ██████ ████ einen neuen Pachtvertrag unterzeichnen. Ans Verkaufen der Liegenschaft denkt Ritzmann nicht.

SEELAND **SEITE 17**

Eklat im Gourmettempel

Geburtstags-Apéro

Um meinen nächsten Geburtstag zu feiern werde ich in meinem ehemaligen Elternhaus einen kleinen Apéro organisieren. Die Freude ist nach über 7 Jahren sehr gross, endlich einmal wieder zu sehen, was aus meinem und Papa's Werk geworden ist.

Da ich kein offizielles Hausverbot im Lokal der 'R&C Gastronomie GmbH' (-R wie Ritzmann) habe und mir die neuen Hausbesitzer beim letzten telefonischen Kontakt mitgeteilt haben, dass ich zu jeder Zeit herzlich Willkommen sei, freut es mich sehr am Samstag, den 11. Februar 2017 einen kurzen Besuch in meinem ehemaligen Haus abzustatten.

- Wir sind ca. 70 bis 90 Personen (Erwachsene Männer).

- Pro Person 1 bis 2 kleine <Herrgöttli>; Bezahlung Bar.

- Am späten Nachmittag (-ca. 17:30 Uhr). Da es ein Apéro ist und wir dann irgendwo anders ausgiebig feiern werden ist die Geburtstags-Gesellschaft nur ca. 1 Stunde anwesend.

Da du mich seit ein paar Jahren „per Sie" ansprichst und anhand „verschiedenen Differenzen" mich nicht mehr kennen willst, erlaube ich mir eine Kopie dieses Schreibens dem aktuellen Regierungsstatthalter Biel und Umgebung zu senden (-"nur zu deiner Beruhigung").

Pieterlen 10.02.2017

Haus und dazu Gehörende Umgebung-Verbot.

Hiermit erteile ich, G█████ F█████████,
Hotel Restaurant Klösterli Pieterlen,
Herrn Ritzmann Marcel,
ab sofort, Freitag 10 Februar 2017, und bis auf Widerruf
Haus und dazu Gehörende Umgebung-Verbot im unsere
Gesamte, auf der Gemeinde Pieterlen registrierte,
Verpachtete Grundstück,
in aufgrund von Belästigungen.

Bei Nichtbeachten erstatten wir Anzeige wegen
Hausfriedensbruchs nach Artikel 186 StGB."

G█████ F█████████
Hotel Restaurant Klösterli Pieterlen

N.B. Alle nötige Beteiligte werden informiert.

Alea iacta est
Die Würfel sind gefallen

Pieterlen, ▮6.03.20▮▮ / ▮▮

Lieber Marcel

Seit einigen Jahren habe ich dich nicht mehr in meiner Praxis gesehen und muss ständig Rezepte und Zeugnisse ausfüllen.
Diese Situation ist sicher für beide Parteien nicht sehr befriedigend.

Hast du dich nicht schon für einen anderen Arzt entschieden?

Offenbar kannst du ja gar nicht mehr ins Dorf eintreten, ohne dass du von der Polizei verhaftet wirst.

Für eine kurze Antwort an einer Randzeit über mein Handy (▮▮▮▮) bin ich sehr dankbar und grüsse dich freundlich

Geschätzter xxx,

nach über 30 Jahren Verbundenheit als Patient, Freund, ehemaliger Koch und Gastgeber nehme ich mit einer nüchternen Enttäuschung Dein Schreiben zur Kenntnis.

Seit der letzten Konsultation handelt es sich nicht um X Jahre, sondern um ca. 14 Monate (-siehe Bericht Bauchwandhernie, notfallmässig operiert in Aarberg anfangs Februar 2017). Zitat: „Mars!el, du hast zwar ein zirka 2cm grosses Loch i.d. Bauchwand, doch warten wir einmal ab wie sich die Situation weiterentwickelt." Im weiteren holte ich letzten Sommer nach dem Fahrrad-Unfall persönlich Schmerzmittel und elastische Binden in deiner Praxis ab.

Offenbar bin ich bei „Stammtisch-Diskussionen im Gourmet-Stübli" meines ehemaligen Hotel-Restaurant immer noch ein Thema. Ich werde erst dann von der Polizei verhaftet, wenn ich meine persönlichen Gegenstände die sich immer noch im Lokal der <R&C Gastronomie GmbH> (R- wie Ritzmann) befinden, selber abholen würde. Deshalb habe ich gegen meinen ehemaligen Geschäftspartner Anzeige erstattet. Die Staatsanwaltschaft hat diesbezüglich (-und anhand vielen anderen Delikten) ein Verfahren eröffnet. Die Ermittlungen der Polizei sind am laufen. Ich sehe den Sinn nicht ganz, weshalb ich regelmässig in die Praxis kommen sollte, wenn Dein Team permanent überlastet ist und nach einer Untersuchung beim Spezialisten anschliessend keine konkreten Massnahmen ergriffen werden (-über gutes Essen und Trinken kann ich auch mit meiner Freundin diskutieren). Schlussendlich wurde ich notfallmässig in Aarberg operiert und hatte sehr grosses Glück das ich nicht an einem akuten Darmverschluss gestorben bin. Im weiteren ist bestimmt auch Monsieur <grande-signore-capo> beruhigt, dass das von ihm erteilte Hausverbot vom 10.02.2017 die Wirkung nicht verfehlt. Sobald ich bei meiner gelegentlichen Velo-Tour vom <<Amazonas>> nach Grenchen zum Friedhof an das Kaff namens Pieterlen denken muss, holt mich jedes Mal die Vergangenheit ein. Deshalb versuche ich so gut es geht einen Bogen um diese Gemeinde zu machen. Ein weiteres Kapitel in einer ober mühseligen Geschichte ist geschrieben. Für die treuen Dienste danke ich Dir herzlichst und verbleibe mit freundlichen Grüssen.

Konzept für die Zukunft

Bundesamt für Gesundheit BAG
Gesuche & Bewilligungen
Zum grünen Hügel 26
Irgendwo in der Schweiz

Mars!el; Gesuch Eigenbedarf THC (medizinische Cannabisblüten) / Bewilligung

Guten Tag

Seit Jahren versuche ich, THC (medizinische Cannabisblüten) auf legale Weise über einen Vertrauensarzt und die Unterstützung via Krankenkasse zu erhalten. Nichts passiert. Mein Hausarzt möchte dieses Vorhaben verständlicherweise als Privatperson nicht unterstützen (z. B. wegen möglichen Missbrauchs etc.).

Seit vorletztem Sommer wohne ich im <<Amazonas>>. Ich habe mich hier auf dem Land in der neuen Umgebung sehr gut eingelebt. Auch gesundheitlich geht es mir etwas besser.

Meine nicht rauchende Nachbarin hat mich darauf hingewiesen, dass es in ihrer Wohnung öfters nach abgestandenem Zigarettenrauch stinkt. Da das Haus, in dem wir wohnen, schon etwas älter ist, ist somit auch das Lüftungssystem nicht mehr auf dem aktuellsten Stand.

Aus Respekt und Solidarität meinen Nachbarn und dem Hausbesitzer gegenüber werde ich die Verbindung zwischen Flur und Wohnzimmer mit einer leichten Holzschiebetür abtrennen. Als leidenschaftlicher Tabakliebhaber und <kontrollierter Biertrinker> verbringe ich öfters ein Teil meiner Zeit im Wohnzimmer (nach Empfehlung der Suchtfachstelle habe ich seit längerer Zeit mit harten Substanzen wie Spirituosen, Amphetamine etc. definitiv aufgehört/abgeschlossen). Alle anderen Zimmer inklusive Toilette und Küche sind absolute Nichtraucherzonen.

Glücklicherweise befindet sich der Balkon direkt vor dem Wohnzimmer (Raucherbereich), somit ist das Lüften auch etwas einfacher. Trotzdem gelangt durch das Lüftungssystem (Durchzug) immer wieder blauer Dunst in andere Räume und Wohnungen. Deshalb meine sofortige Massnahme mit dem mobilen <Paravent>. Falls ich irgendwann einmal die Wohnung verlassen sollte, wäre diese mobile Trennwand leicht zu entfernen.

Meine Frage an Sie lautet: Ist es unter diesen Umständen endlich möglich, eine Bewilligung für eigene <medizinische Cannabisblüten> zu erhalten?

Es geht mir rein prinzipiell nur um die Deckung des Eigenbedarfs. Ich habe absolut keine Absichten, mich in irgendeiner Weise finanziell damit zu bereichern. Und ganz ehrlich gesagt ist es recht mühsam, den Inhaltsstoff THC auf dem Schwarzmarkt zu organisieren.

Als vorletztes Jahr mein Vater gestorben ist, habe ich die erste Trauerzeit während ca. 30 Tagen komplett abstinent in einem Spital vollzogen. Es wurde mir gegen die chronischen Schmerzen (siehe Kopien von ärztlichen Befunden; Rücken, Schulter links, Sprunggelenk rechts etc.) nahegelegt, mich über das THC enthaltende Medikament <Dronabinol> zu informieren. Ich brauche den oben genannten Inhaltsstoff auch in einer minimalen Dosierung als Antidepressivum. Sämtliche Anfragen bei der Krankenkasse wurden indirekt abgelehnt oder noch nicht definitiv beantwortet.

Meiner Ansicht nach ist es sehr schade, dass die Politik und die Behörden in der Schweiz/im Kanton Bern nicht endlich in der Lage sind, die Substanz THC aus medizinischen sowie gesellschaftlichen Aspekten im Zeitalter der modernen Globalisierung zu entkriminalisieren, zum Beispiel mit einem Jugendschutz und einer Steuer, so wie es auch mit Alkohol und Tabak üblich ist.

Alles, was ich beruflich gelernt, gekonnt und geliebt habe, war Kochen mit einem Abschluss der Hotelfachschule HF. Nach zwei stress- und psychosomatisch bedingten und überlebten Herzinfarkten (5 Stents), einem deftigen Burnout (2009) sowie mehreren Rückenoperationen und x anderen Schäden ist es leider nicht mehr möglich, als Restaurateur bzw. Hotelier/Koch zu arbeiten.

Vorläufig und bis auf Weiteres erhalte ich vom Staat eine bescheidene Rente. Dafür danke ich den zuständigen Zahlungsstellen der Versicherung bestens. Sehr gerne würde ich nach der Stabilisierung meiner Gesundheit wieder eine sinnvolle berufliche Erfüllung finden.

Gelegentlich (je nach gesundheitlichem Gemütszustand sowie der Intensität der beschriebenen chronischen Schmerzen) kann ich inzwischen kleine Ehrendienste und unentgeltliche Arbeiten für Freunde und Bekannte erledigen.

Wenn es demnächst möglich wäre, in meinem privaten Fumoir eine gesetzlich festgelegte Menge an medizinischen Cannabisblüten (etwa 2 bis 3 Pflänzchen in einem Blumentopf als Zimmerpflanze, diskret und geruchsneutral) für den Eigenbedarf herstellen zu dürfen, würden somit auch in meinem Monatsbudget die Auslagen für die THC-Beschaffung wegfallen. Dafür wäre ich Ihnen sehr dankbar.

Wie Sie ja bestimmt bestens informiert sind, nimmt eventuell die Stadt <BNC> an einem Pilotprojekt teil, sauberes THC in staatlich/kantonal anerkannten und überwachten Lokalen unter gewissen Bedingungen deklariert freizugeben. In grösseren Schweizer Städten wie Zürich, Basel oder Bern ist dies bereits zeitgemäss umgesetzt worden. In Weltstädten wie Denver, Barcelona, Amsterdam, Berlin etc. ist dieses Modell einer <modernen Gesundheitsreform und staatlich bewilligtem Geschäftskonzept> schon lange sehr erfolgreich.

Ich würde mich mit meinem eidgenössisch anerkannten Diplom einer Hotelfachschule HF gerne zur Verfügung stellen, in <BNC> ein solches Lokal zu eröffnen (als Patentinhaber und Geschäftsführer), und in den Themenbereichen Gesellschaft, Gesundheit, <Genussmittel mit Vorsicht geniessen>, Politik, Kriminalität etc. sowie schlussendlich auch bei der Weiterentwicklung der Erlebnis-Gastronomie gerne als Initiant ein Pionier sein.

Zusammenfassung/Kurzversion eines möglichen Betriebskonzeptes:

An einem passenden Ort in <BNC> ein <<Members Only>>-Lokal eröffnen.

- Das Mindestalter für eine Member-Card beträgt 21 Jahre.

- Sämtliche Mitglieder erhalten einen Ausweis, der ihnen den Eintritt ermöglicht.

- Die Kundendatei ist bei den Behörden der Stadt BNC, dem Kanton sowie dem Staat registriert und anerkannt.

- Name: <<Weed & Beer>> © (übersetzt: <<Gras und Bier>>). Das Copyright-Zeichen wird inzwischen global als Hinweis auf bestehende Urheberrechte verstanden und in der Regel in Kombination mit dem Jahr verbunden, manchmal auch mit dem genauen Datum der Entstehung des Werkes und dem Namen des Urhebers (Quellennachweis im Internet recherchiert).

- Angebot <<Food and Beverages>> (Essen und Trinken): regionale Bier-Spezialitäten in Depotflaschen-Qualität (zum Beispiel: Bier Bienne, Ueli Bier, 11i Bier, Burgdorfer, Aare etc.); Softdrinks (z. B. Wasser, Sirup, Kaffee, etc.). Kein Wein oder hochprozentiger Alkohol. Keine interne Küche und kein Speisenangebot. Die Member haben die Möglichkeit, ihr Mahl über externe Kurierdienste in das <<Weed & Beer>> liefern zu lassen. Somit ist auch das Hygienekonzept/Recycling (ohne interne Kochmöglichkeit) bereits um einiges vereinfacht. Ein Abfall- und Entsorgungskonzept (z. B. von Plastik, Karton etc.) muss mit dem externen Catering-Service individuell organisiert werden.

- Obwohl das <<Weed & Beer>> ein <<Members-Only-Lokal>> sein wird, untersteht es wie ein konventionelles Gastro-Unternehmen den strengen Auflagen des Lebensmittelgesetzes (Lebensmittelverordnung).

- Angebot Tabak (ohne Zusatzstoffe) und THC-haltige Zigaretten (Joints): Sämtliche Produkte, die angeboten werden, werden von kantonal/staatlich anerkannten Behörden vom Produzenten bis zum Endverbraucher kontrolliert, reguliert sowie registriert. Die angebotene Menge an THC wird per Einheit mit einem Steuersatz ähnlich wie beim Alkohol, Tabak etc., mit einer MwSt. deklariert.

- Da jedes Member im <<Weed & Beer>> einfach nur eine gute Zeit haben möchte, ist kein privater Sicherheitsdienst erforderlich. Für einen Antrag, das <<Weed & Beer>> betreten zu dürfen, ist es unter gewissen Umständen und in Ausnahmefällen erforderlich, dass der/die Antragsteller/-in eine Kopie bzw. einen Auszug des Strafregisters oder einen Leumund beilegt, sodass gewährleistet ist, dass sich keine Kriminellen in das Members-Only-Lokal einschleusen.

- Anträge können von der zuständigen Justizbehörde oder dem Patentinhaber mit einer schriftlichen Begründung abgelehnt werden.

- Einrichtung/Ambiente: hell, freundlich, einladend. Das Member erhält via Karte/Ausweis am Eingang über einen <<Scanner>> (ähnlich wie in Sportstadien) Zutritt zu dem Lokal. An einer langen Theke werden Getränke, Tabak (ohne Zusatzstoffe / natural flavour) und THC-haltige Zigaretten (Joints) angeboten. Geboten werden eine kleine Lounge, ein Billardtisch und andere Gesellschaftsspiele – einfach und unkompliziert.

- Sanitäre Einrichtungen: Damen- und Herrentoiletten getrennt (absolute Nichtraucherzone). Im Lokal befinden sich weitere Nichtraucherzonen (vor allem präventiv gegen passives Rauchen).

- Marketing: nicht notwendig. Ich beschäftige mich schon seit ein paar Monaten mit dieser Idee und habe mich derweil in meinem Bekanntenkreis umgehört. Ohne Werbung zu machen, hätte ich bei der Betriebseröffnung bereits ca. 150 Members. Bewerbungen von Produzenten der THC-haltigen Produkte (Joints) werden von den zuständigen Behörden selektiert.

Meine zwei, drei Bekannten im Justizwesen, in der Politik und im Medienbereich finden dieses Konzept zumindest nicht schlecht. „Haschisch" wird 2019 tatsächlich nicht in die Venen gespritzt, sondern gemütlich wie ein „Stumpen" geraucht. Es ist nicht meine Absicht, ein „Fixer-Stübli" für schwerstabhängige „Suchtopfer" einzurichten, sondern ein gepflegtes Lokal mit Niveau und Charme.

- Die Member-Anzahl wächst von alleine, da die Zielgruppe über einfache Kommunikationsmittel und ohne finanziellen Aufwand zu erreichen ist. Junge Menschen (meine Generation) und „Junggebliebene" höheren Alters hätten mehrheitlich kein Problem mehr, sich als „THC-Konsumenten" und „Bier- und Tabakliebhaber" zu „outen", und könnten sich im <<Weed & Beer>> legal registrieren lassen.

- Etc. pp.

Ein detailliertes Betriebskonzept inklusive Businessplan arbeite ich bei Interesse sehr gerne aus.

Vorteile (aus persönlicher Sicht):

– Der THC-Liebhaber hat die Möglichkeit, in einem geschützten, staatlich anerkannten Lokal saubere THC-Produkte kontrolliert zu konsumieren.

– Der Schwarzmarkt mit zum Teil sehr dreckiger Ware inklusive Dealer wird ganz von alleine von den Strassen verschwinden.

– Wenn ein Minderjähriger unter dem Jugendgesetz steht und sich zum Beispiel eine Schachtel Zigaretten oder Alkohol organisieren möchte, ist es immer noch die Hauptaufgabe der Eltern, dies zu verhindern. Genauso verhält es sich auch mit anderen Substanzen.

– Steuerabgaben an den Fiskus. Im Zeitalter zahlreicher Probleme auf anderen Gebieten (öffentliche Sicherheit, Bildung, Gesundheitswesen etc.) wären auch die Polizei und der Nachrichtendienst etwas entlastet, wenn die „Cannabis-Problematik" bald gelöst wäre. Somit könnten diese Institutionen ihre Aufmerksamkeit viel wichtigeren „Brennpunkten" widmen und dem Fiskus ist frei überlassen, in welche sinnvolle Projekte mit den Steuereinnahmen zu investieren wäre (z. B. Schulen, Spitäler, Sicherheit etc.).

– Die halbe Schweiz der Generation der über 35-Jährigen hat höchstwahrscheinlich schon einmal einen Joint geraucht. Die Generation meines Vaters war eher die Wein-, Schnaps-, Stumpengesellschaft etc. THC-haltiger Hanf wurde anfangs der 30er-Jahre u. a. wegen der „Pharma- und Alkohollobby" dermassen verteufelt, dass es für illegal erklärt wurde, einen Joint zu rauchen.

Komischerweise sind aber z. B. Opium und Heroin-Ersatzmittel als Medikation oder eine Flasche Ritalin (Speed- und Kokain-Ersatz) auf Rezept in jeder Apotheke erhältlich. Für sFr. 5.– kann man sich theoretisch mit 10 Bierbüchsen à 50 Rp. einen intensiven Alkoholrausch holen. Für umgerechnet sFr. 10.– ist eine Flasche hochprozentigen Schnaps an fast jeder Ecke unter gewissen Auflagen des Staates frei erhältlich, den Kater am „Tag danach" gibt es bei Verlangen gratis. Man könnte doch endlich das Verhältnis zwischen THC, Alkohol, Tabak etc. etwas relativieren (als Meinungsäusserung zu verstehen).

– Ich hätte als Geschäftsführer dieses Lokals endlich wieder eine eigene finanziell erwirtschaftete Existenz und könnte somit langfristig auf die IV-Leistungen verzichten. Bei grossem Erfolg weitere Filialen zu eröffnen, wäre mit meinem Zertifikat von der Hotelfachschule durchaus realisierbar.

– Ich könnte endlich meine Schulden bei der Stadt <BNC> aus eigener Kraft, d. h. mit meinen eigenen Fähigkeiten zurückzahlen (siehe Kopie der Schlussabrechnung im Anhang). Ich war während der schwersten Zeit meines bisherigen Lebens (nach der Enteignung in meinem ehemaligen Hotel-Restaurant durch unseriöse Geschäftspartner) sehr auf die Hilfe des Sozialdienstes angewiesen (eine Zeit lang lebte ich als randständiger Obdachloser auf der Strasse: Heilsarmee, Sleep-In, andere Notschlafstellen).

Möglicherweise werde ich nachträglich Strafanklage erheben. Zu 99,9 % muss ich mein naives Verhalten dazumal selber verantworten. Anhand von Beweisen (ärztliche Gutachten, Spitalberichte und Befunde psychosomatischer Auswirkungen des Herzleidens sowie einer anhaltenden Burn-out-Symptomatik, Zeugenaussagen etc.) ist inzwischen ganz klar, dass es jedoch mindestens zu 0,1 % Mitverursacher an meinem Desaster gab.

Diese werde ich voraussichtlich demnächst auffordern, sich prozentual an dem entstandenen Schaden der mit verursachten gesundheitlichen Schäden und der damit einhergehenden finanziellen Unkosten zu beteiligen (medizinische Betreuung, offene Rechnung Abteilung Soziales <BNC> etc.) sowie auch an den Folgekosten, welche durch einen richterlichen Beschluss bzw. durch eine Abmachung geltend gemacht wurden (prozentual mit maximal 0,1% der Gesamtsumme als Schadenersatz meiner Restschulden beim Staat / Kanton Bern / Stadt <BNC>).

Die neuen Besitzer behaupten, dass sie meinem Vater alles abgekauft haben. Formell kann dies stimmen, doch meine Messersammlung (mit meinem Namen eingraviert!) sowie x andere Gegenstände, die ebenfalls mit meinem Namen eingraviert sind, wurden mir enteignet, unterschlagen, im Klartext: gestohlen.

Auch mein Familienwappen in der Gaststube in einem Schmiedeeisen hat in diesem Lokal überhaupt nichts zu suchen. Bereits seit Jahren bestehe ich darauf, diese persönlichen Gegenstände abzuholen. Doch nichts geschieht.

- Ich bin ein Mann von Ehre und Anstand. Diese inneren Werte habe ich mir in der Lebensschule angeeignet und ich werde diese bis zu meinem Ableben bewahren. Nach diesen Grundprinzipien hat mich auch immer mein geliebter verstorbener Vater erzogen. Deshalb ist es für mich auch einfach nur logisch, dass ich die offene Rechnung für die damalige Unterstützung bei der Stadt BNC begleichen werde; je nach meinen Möglichkeiten lieber heute als morgen.

- Schaffung von Arbeitsplätzen

- Und so weiter und fort …

Nachteile (aus persönlicher Sicht): keine

Mir ist bewusst, dass in der heutigen Zeit Ehrlichkeit nicht mehr unbedingt „belohnt" wird. Doch es ist bestimmt möglich, Situationen von Fall zu Fall individuell neu zu beurteilen.

Da ich gesundheitlich relativ stark angeschlagen bin, weiss ich nicht, ob ich ein hohes Alter erreichen werde. Das Betriebskonzept <<Weed & Beer>> wäre eventuell ein weiterer Schritt in eine glückliche und wieder finanziell unabhängige Zukunft mit einer Sicherung der eigenen Existenz. Dazu brauche ich eine solide Gesundheit (Wohlbefinden) und ein geregeltes finanzielles Grundeinkommen mittels einer seriösen Erwerbstätigkeit als Fundament/Basis.

Der Geschichtsinhalt aus sämtlichen Kapiteln ist aus der Fantasie des Autors frei erfunden und interpretiert worden.

Uf wyssem
Grund
e schwarze
Stab
das treit
jede Bebbi
bis ins
Grab

Körperspende für das Anatomische Institut der Universität BS

Mars!el

Grösse: 194 cm

Gewicht: zwischen 75 und 78 kg

Heimatort: Basel BS

konfessionslos

aktuelle Wohnadresse: BNC – Planet Earth

Er war sehr jung ganz oben: Mit nur 27 Jahren übernahm **Marcel Ritzmann** als Patron und Küchenchef das «Klösterli» in Pieterlen und führte es in den Olymp der Gastronomie. Dann kam der Absturz.

FABIAN MAIENFISCH

Mit seinen Ideen und seinen kulinarischen Kreationen verblüffte der junge Koch innert weniger Jahre die Gastroszene. Auf Anhieb erreichte Marcel Ritzmann 13 Gault-Millau-Punkte, wurde in die Gilde der Schweizer Gastronomen aufgenommen und bekochte sogar den Superstar unter den Köchen, Anton Mosimann. Er hatte alles erreicht, seine Zukunft versprach Grossartiges. Doch der Preis des Erfolges war zu hoch, der Shootingstar stürzte tief. Knapp an einem Burnout vorbei, ein Übermass an Alkohol und der Bruch mit dem «Klösterli» hinterliessen ihre Spuren.

Nun meldet sich der Mann mit dem optimistischen Charakter zurück: «Ich freue mich auf das, was kommt». Nie mehr wolle er in den früheren Alltagstrott zurückfallen, sagt Ritzmann heute, denn das habe alle seine Kräfte aufgebraucht. «Jetzt erwacht mein Geist wieder, diese neue Freiheit ist wunderbar», erzählt er mit einem Lächeln.

Die Krise

Lachen, das konnte Ritzmann lange nicht mehr. Als er 2005 das «Klösterli» übernahm, gab es für ihn nur die Arbeit. «Freizeit? Das kannte ich nicht.» Als Ventil habe sich damals der Alkohol angeboten, sagt er mit gesenktem Blick. Seit Weihnachten durchläuft Ritzmann nun eine Kur in der Rehabilitationsklinik Südhang in der Nähe von Zollikofen. «Ich musste etwas ändern in meinem Leben, so konnte es nicht mehr weiterge-

hen.» Als er bemerkte, dass seine Zeit im «Klösterli» ablief, habe er nur noch Partys gefeiert – teilweise, bis die Polizei kam. Sogar beim Regierungsstatthalter musste er antreten. Dann kam der Tiefpunkt: Für einige Monate sei er untergetaucht, habe sich nur dank der Hilfe von Freunden über Wasser gehalten.

Der Fall

Ritzmann hält einen Moment inne, trinkt einen Schluck Wasser und antwortet dann auf die Frage, warum es soweit kommen konnte: «Ich war mit der Arbeit unzufrieden, die Freude am Kochen war weg.» Das, in Verbindung mit Schmerzen von früheren Unfällen, überforderte ihn. Und trotz-

dem habe das Restaurant weiterlaufen müssen. «Hätte ich von meinem Geschäftspartner etwas mehr Unterstützung erhalten, wäre es vielleicht nicht so weit gekommen», mutmasst er. Allerdings habe von Beginn an eine Spannung zwischen den beiden bestanden. Der Nachwuchskoch wollte mehr, er wollte das «Klösterli» voranbringen – sein Partner war mit dem Status quo zufrieden (das BT berichtete).

Die Visionen

Mittlerweile scheint Ritzmann seine innere Ruhe wieder gefunden zu haben. Die Therapie sei ein Erfolg, sagt er, nun wolle er langsam wieder in das Berufsleben einsteigen. «Ich sehe mich

nicht mehr nur als Koch», gesteht Ritzmann, «dass ist mir zu monoton».

Er erzählt über seine Zukunftspläne, die bereits ziemlich konkret scheinen – insbesondere für jemanden, der vor kurzem noch am Abgrund stand. Zu Beginn möchte der erst 32-jährige noch nicht selbständig sein, was aber langfristig nicht ausgeschlossen sei. «Ich möchte neben dem Kochen eventuell ins Eventmanagement einsteigen», erzählt er zuversichtlich.

Dann stellt Ritzmann detailliert seine Visionen vor: «Abwechselnd verschiedene Gastköche einladen, das wäre toll». Er habe noch sehr gute Beziehungen von früher. So sei beispielsweise Ivo

Marcel Ritzmann, ehemaliger Chefkoch des «Klösterli» in Pieterlen, will wieder zurück an die Gastrospitze.

Bild: René Villars

Adam, der Stern unter den Schweizer Nachwuchsköchen, ein alter Freund von ihm, den er seit der gemeinsamen Gewerbeschule kenne. Die Ideen sprudeln nun nur so aus ihm hinaus: «Warum nicht Kunst und Gastronomie vereinen», fragt er sich. Denn er habe gute Kontakte in der Bieler Graffiti-Szene. Aber auch eine berufliche Neuorientierung schliesst der grossgewachsene Ritzmann nicht völlig aus.

Die Zukunft

Obschon Ritzmann von sich selbst sagt, dass er noch nicht ganz gesund sei, spürt man seinen Drang, endlich wieder etwas zu bewegen. An Möglichkeiten

mangelt es ihm nicht. Hätte er sich für das Koch-Team von Anton Mosimann beworben, welches an die olympischen Winterspiele in Vancouver reiste, wäre er sicher ins Team gerückt, ist er überzeugt. Doch das sei damals einfach zu früh gewesen. Olympia hat es ihm aber angetan. Ritzmann träumt von den Sommerspielen in London 2012. Auch habe er ein Angebot aus Zweisimmen und von einem BaslerTraditionshotel erhalten. Er möchte aber wenn möglich in Biel bleiben: «Ich habe meine Wurzeln hier wieder entdeckt und auch meine Freunde, welche mir durch die schweren Zeiten geholfen haben, leben in der Region.»

Das neuste Angebot allerdings reizt ihn sehr, obschon der Betrieb in Grindelwald liegt. Im Grand Hotel Regina könnte er als Sous-chef anfangen, «das ist immerhin ein <Leading Hotel of the World>», sagt Ritzmann nicht ganz ohne Stolz. Bis zum 1. Juni bleibt Ritzmann noch in der Reha. Diese Zeit müsse er sich noch geben, «dann aber muss Klarheit herrschen, wie es mit mir weitergeht».

Karriere des Jungkochs

- **1994–97:** Kochlehre im Hotel Elite in Biel
- **2000:** Hotelfachschule in Thun
- Verschiedene Anstellungen als Koch, unter anderem im Vieux Manoir in Murten
- **2005:** Patron und Küchenchef im «Klösterli» in Pieterlen. Erhält 13 Gault Millau-Punkte auf Anhieb.
- **2006:** Aufnahme in die Gilde der etablierter Schweizer Gastronomen.
- **2008:** 14. Gault-Millau-Punkt. Starkoch Anton Mosimann testet das «Klösterli».

(fm)

Primarschule des Kantons Bern

Schulbericht

Name Ritzmann Marcel   Geburtsjahr 1978
Schulort Pieterlen   Schuljahr 1.
Zeit von April   bis September   19 85

Betragen/ Verhalten: Marcel ist ein urbeschwerter, fröhlicher Schüler. Manchmal verhält er sich ein bisschen vorwitzig, z.E. dem Abwart gegenüber.

Ordnungssinn: In seinem Pult herrscht meistens eine grosse Unordnung. Zu seinen Sachen muss er mehr Sorge tragen.

Fleiß/Wille: Marcel lässt sich gut motivieren und arbeitet im Unterricht mit interessanten Beiträgen mit.

Leistungen: Marcel hat das Lesen gut begriffen und erfasst den Inhalt der Texte ohne Mühe. Er kann sich auch schon ein bisschen schriftdeutsch ausdrücken. Die Probleme auf den Rechnungsblättern erkennt er rasch und löst sie ohne Schwierigkeiten.
Marcel kann selbständig arbeiten, und er bereichert den Unterricht mit seinen zahlreichen Beiträgen.

Den 30. September 1985   Die Lehrerin Christine Bentsch
Eingesehen, den 21. Okt 19 85   Für die Eltern: R. Ritzmann

Dieser Bericht ist innert drei Tagen der Lehrerschaft zurückzugeben.

Die Lehrerschaft steht den Eltern zu persönlicher Besprechung auch außerhalb der Schulzeit gerne zur Verfügung.

 Primarschule des Kantons Bern

Schulbericht

Name/Vorname ___Ritzmann___ ___Marcel___ Geburtsjahr __1978__

Schulhaus/Schulgemeinde ___Pieterlen___ Schuljahr __2.__

Zeit von ___April___ bis ___September___ 19 __86__

Arbeits-verhalten: *Marcel arbeitet selbständig und zuverlässig. Sein Arbeitstempo ist zweckmässig. Er hat einen starken Willen und handelt zielbewusst, wenn er etwas erreichen möchte. Sein Ehrgeiz hilft ihm, ausdauernd an einer Arbeit zu verweilen. Neuem begegnet er interessiert, und er nimmt regen an unserem Gespräch teil.*

Betragen/ Verhalten in der Gemeinschaft: *Marcel ist zuvorkommend und mild. Er ist fröhlich, und offen sagt er, meistens, was er fühlt und denkt. In der Klasse ist er beliebt und umworben und übernimmt oft die Rolle des Anführers.*

Leistungen: *Marcel erbringt überall sehr gute Leistungen. Er drückt sich sprachlich klar aus, liest flüssig und schreibt ohne Fehler. Auch im Rechnen kann ich nur loben. Er löst die Aufgaben sicher und fehlerfrei. Er muss aber lernen, Geduld zu haben mit Mitschülern, die das alles weit so schnell und gut können wie er.*

Datum: __27. September__ 19 __86__ Die Lehrerin: __Christine Pensch__

Eingesehen (Datum): __24. Okt.__ 19 __86__ Für die Eltern: __Rud. Ritzmann__

Dieser Bericht ist spätestens zu Beginn des nächsten Semesters der Lehrerschaft zurückzugeben.

Die Lehrerschaft steht den Eltern zu persönlicher Besprechung auch ausserhalb der Schulzeit gerne zur Verfügung.

DANKE SCHÖN !

Marcel Ritzmann

Für den hervorragend geleisteten Beitrag zum
Gala Dinner des Swiss Economic Forums 2001 in Interlaken

Martin Rinck
Chief Executive Officer

MÖVENPICK
GASTRONOMY
www.moevenpick.com

Rosario Beninati
Director Human Resources

Zeitfracht Medien GmbH
Ferdinand-Jühlke-Straße 7
99095 Erfurt, Deutschland
produktsicherheit@kolibri360.de